KB266653

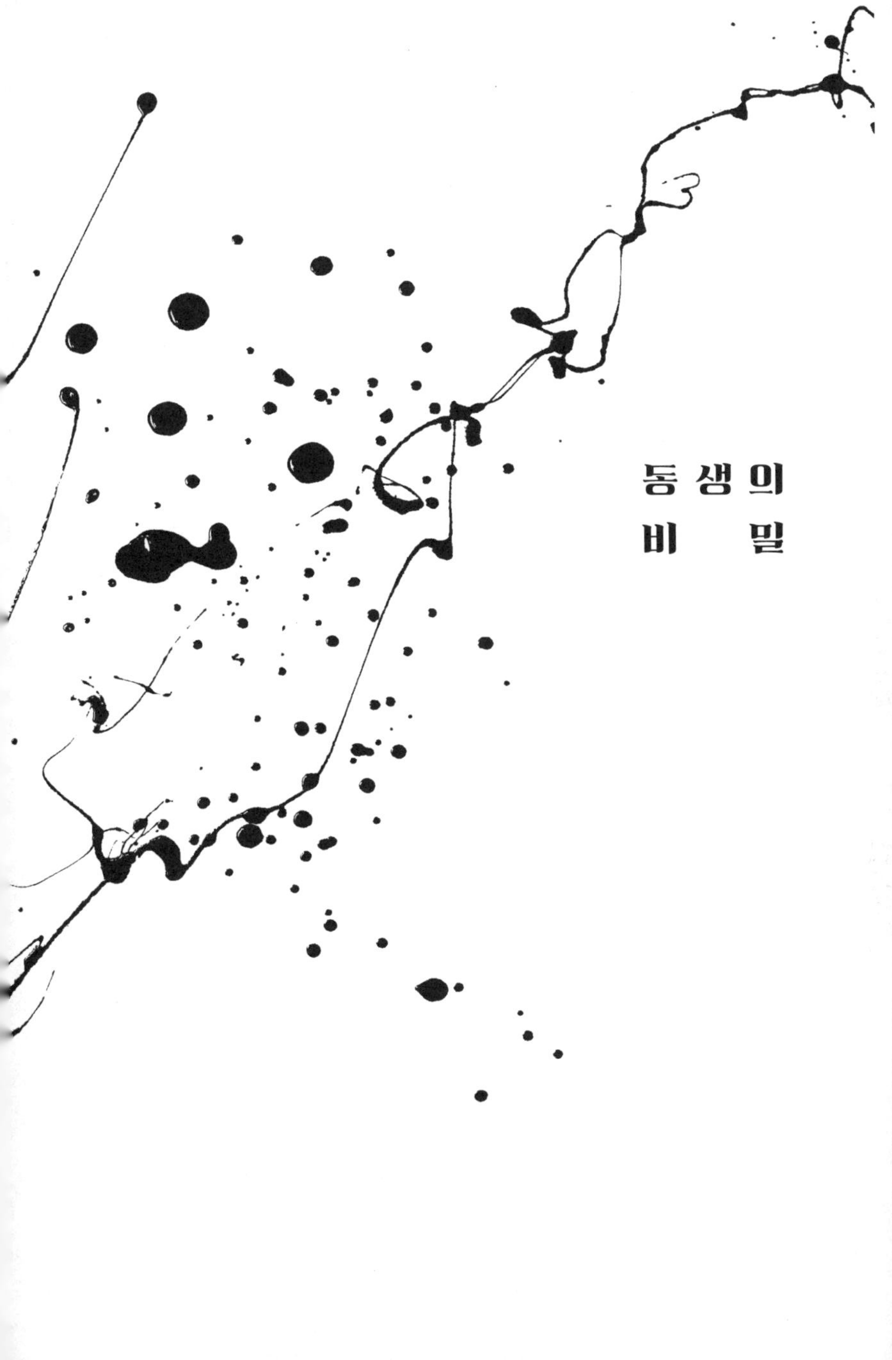

동 생 의
비   밀

동생의 비밀

신혜선
미스터리 소설

arte *NOIR*

차 례

Chapter 1

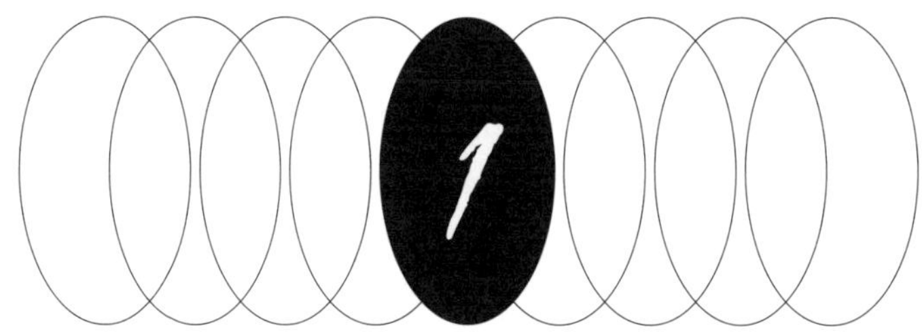

병학은 버스 창문에 머리를 기댔다. 맞닿은 유리로 겨울 밤공기가 전해졌다. 어느새 밤 10시였다. 그는 아무리 힘들어도 이 시간까지는 대학교에 남아 있으려 노력했다. 지금이 다음 학기 강의를 맡을 수 있을지 없을지가 정해지는 중요한 시기였기 때문이었다.

오늘도 어김없이 저녁 7시쯤 교수에게서 전화가 왔다. "지금 가지." 집까지 운전을 부탁한다는 말이었다. 부탁하는 말투는 아니었지만.

병학은 웃는 얼굴로 교수의 운전기사를 자청했다. 교수의 집에 들렀다가 다시 버스를 타고 학교로 돌아오기를 매일같이 반복했다. 번거로운 일이었지만 그래도 지금 할 수 있는 최선이라고 생각했다. 그가 학위를 받은 신학과에는 강사가 되기에 충분한 실력을 갖춘 사람들이 많았다. 이럴 땐 남들보다 조금이라도 더 몸을 움직여야 했다. 최선을 다해 살다 보면 언젠가는 보상이 찾아올 것이라고, 병학은 믿었다.

서른다섯에 이런 삶이 지칠 법도 했다. 노력은 언제나 허공으로 흩어졌고, 노력보단 돈을 얹어주는 자가 병학을 앞질러 나갔다. 그것이 자본주의라고 위로하면서도 마음속에 피어나는 쓸쓸함을 감출 수 없었다.

그러나 지금만큼은 미래에 대한 모든 걱정을 고이 접어 주머니 안에 넣었다. 대신 지나치는 길가의 가로등 불빛을 바라보았다. 창문에서 전해지는 한겨울 차가운 웃풍도 느껴보았다. 히터가 만들어주는 건조한 공기도 들이마셨다. 그렇게 아무것도 떠올리지 않으며 집으로 돌아오는 것, 그것이 삶의 평온을 유지하는 병학만의 방식이었다.

그래도 금요일이 마무리되어서 다행이라고 생각했다. 주말인 내일은 아무 일정도 없었고, 집으로 들어가는 길이 더욱 평안하게 느껴졌다. 큰 굴곡이 없는 것만으로도 괜찮은 하루였다. 병학은 그렇게 스스로를 다독이며 하차할 준비를 했다.

버스에서 막 내렸을 때 안개비가 부슬부슬 내리고 있었다. 비를 맞기도 우산을 사기도 애매한 날씨라, 병학은 코트를 벗어 뒤집어썼다. 품 안으로 들어오는 얇은 빗방울을 막아내며 집을 향해 달렸다. 빌라 입구로 그대로 뛰어 들어와 3층까지 한걸음에 계단을 올랐다.

"우리 큰아들 왔니?"

현관문을 열자 엄마가 오른 다리를 절뚝이며 방에서 나왔다.

"다녀왔어요."

"밖에 비가 오니? 나한테 전화라도 하지 그랬어."

엄마가 코트의 물기를 털어주었다.

"에이, 엄마 다리도 아프신데요."

"그래도 정류장까지는 나갈 수 있어."

"이제 좀 걸을 수 있어요?"

병학이 엄마의 무릎을 가리켰다. 어젯밤에 엄마는 혼자 화장실에 가다 넘어져 다리를 다쳤다. 아침까지만 해도 혼자서 일어나지 못할 정도로 상태가 심각했다.

"많이 좋아졌어. 세탁소 아줌마가 의원을 알려줬는데 효과가 있더구나."

"심하지 않아 다행이에요. 그래도 다음부턴 조심해요. 전기 아깝더라도 불은 꼭 켜고요."

병학은 코트를 벗어 식탁 의자 위에 걸었다.

"알았어."

"자꾸 집에서 넘어지니까 속상해서 그래요."

그가 엄마와 단둘이 살게 된 지도 6년째였다. 아버지 는 일찍 돌아가셨고, 남동생이 대학 기숙사에 들어가며 집

에는 둘만 남게 되었다. 매일 밤 엄마와 하루를 공유하는
것이 어느새 병학의 일상이 되었다.

"맞다. 아침에 나가다 보니까 제 자전거가 망가졌더라
고요."

병학이 의자에 앉으며 말했다.

"그랬니?"

엄마도 식탁 맞은편에 자리를 잡았다.

"1층 불도그가 또 물어뜯었나 봐요."

"심하게 망가졌어?"

"바퀴 휠이 나갔어요. 진짜 그 녀석 안 되겠어요. 뭐라
고 한마디 해야지."

불도그는 102호의 노인이 키우는 개였다. 어찌나 성
질이 고약한지 종종 동네의 세간살이를 망가트리곤 했다.

"그래도 그러진 말아라."

"한두 번이 아니니까요. 지금 1층에 가서 목줄만 매달
라고 부탁하면 어떨까 싶은데요."

병학이 일어나려는 시늉을 하자 엄마가 놀라서 만류
했다.

"아니야. 이웃끼리는 좋게 지내야지."

"좋게 지내고 싶어도 도와주지를 않는걸요."

"그럼 너는 가만히 있어라. 엄마가 내일 가서 말할 테
니까."

"혼자 괜찮으시겠어요?"

“1층 할머니도 나랑 더 친하니까 괜찮을 거야.”

“알겠어요. 그럼 부탁드릴게요.”

병학은 졸음을 참지 못하고 턱이 빠져라 하품을 했다. 14시간 만에 돌아온 집이었다. 따뜻한 온기가 느껴지자 갑자기 피로가 몰려왔다.

“요새 체력이 떨어져서 어떡하니.”

엄마는 그런 아들을 보고 걱정스러운 표정을 지었다.

“괜찮아요. 주말에 푹 쉬면 나아지겠죠.”

“있어 봐.”

엄마가 냉장고로 가 홍삼 팩을 하나 꺼내더니 병학에게 건넸다.

“저건 뭐예요?”

병학은 홍삼을 받는 대신 냉장고 안을 가리켰다. 처음 보는 아이스박스 하나가 냉장실 한 칸을 통째로 차지하고 있었다.

“병윤이가 가져왔어.”

“병윤이가 왔어요?”

남동생이 왔다는 말에 벌떡 일어나 집 안을 둘러보았다. 몇 년 동안 만나지 못한 동생이라 이름만 들어도 반가운 마음부터 샘솟았다. 그런데 집 어디에도 동생은 없었다. 동생의 작은방은 어두웠으며 문틈으로 빛 한 줄기 새어 나오지 않았다.

“슈퍼에 간다고 잠깐 나갔어.”

"웬일이래요. 명절에도 얼굴조차 안 비치더니."

"그러니까 말이야. 주말이라고 들렀대."

그 말에 병학은 놀라움을 감추지 못했다. 동생은 수의대학에 입학한 뒤 바쁘다는 핑계로 6년 동안 집에 온 적이 없었다. 심지어 명절에도 시험 기간이라고 둘러대며 집에 오길 회피했다. 항상 엄마가 명절 음식을 싸 들고 동생의 기숙사로 찾아갈 정도였다.

"이제 졸업한다고 시간이 났나 봐."

엄마가 덧붙였다.

"졸업한대요?"

"2월에 한대."

"세월이 빠르네요. 개가 졸업을 다 하고." 병학은 냉장고 안의 아이스박스를 가리켰다. "근데 뭘 가져온 거래요?"

동생이 집에 온 것도 놀랍지만 물건을 가져왔다는 사실도 놀라웠다. 그가 무언가를 먼저 챙긴 적이 없었기 때문이다. 가져온 물건도 하필 아이스박스라니, 내용물이 무척이나 궁금했다.

"학교에서 실험하는 거라고 만지지 말랬어."

하지만 병학은 엄마의 말을 무시하고 아이스박스에 손을 댔다.

"한 소리 듣지 말고, 그냥 넣어놔."

엄마가 재빠르게 말렸다.

"괜찮아요. 병윤이 오기 전에는 돌려놓을게요."

병학은 힘껏 뚜껑을 들어 올렸다. 그런데 아무리 힘을 주어도 아이스박스가 열리지 않았다. 자세히 살펴보니 애초에 열 수 없는 구조였다. 한편에 번호로 된 자물쇠가 채워져 있었다.

"열지 말라니까 그러네."

"열라고 해도 못 열겠어요."

병학이 자물쇠를 가리켰다.

"잠겨 있니?" 엄마도 자물쇠를 확인하더니 웃음을 터트렸다. "진짜 병윤이답네."

"그러니까요. 여전해요."

동생은 어렸을 때부터 자기 물건을 꽁꽁 숨기고는 했다. 일기장에도 작은 자물쇠를 채워놓을 정도였다. 뭘 그리 숨기는 게 많은지 요새는 감청당할까 무섭다고 휴대폰 메신저조차 쓰지 않았다.

"곧 병윤이 들어오겠다. 이제 넣어놔."

병학은 경고를 무시하고 자물쇠의 번호 키를 돌렸다. 동생의 비밀번호는 항상 같았다. 9300. 병학은 어린 시절 벽지에 쓰여 있는 동생의 비밀번호를 몰래 찾아냈었다. 그 뒤로 동생은 비밀번호를 바꾼 적이 없었다. 덕분에 병학은 종종 동생이 숨겨둔 것들을 훔쳐볼 수 있었다. 아마도 동생이 강박적으로 자신의 물건을 감추는 건 병학의 영향도 있을 것이다.

"숨기는 게 많은 애가 비밀번호는 늘 똑같다니까요."

역시나 같은 비밀번호로 아이스박스가 열렸다.

"기어코 열어버렸어."

"엄마, 얘는 뭘 이런 걸 가져왔대요."

아이스박스를 활짝 펼쳐 엄마에게 보여주었다. 그 안에는 황당할 정도의 물건이 들어 있었다. 꽁꽁 싸맸길래 중요한 것이라도 있는 줄 알았다. 그런데 하나같이 쓰레기로 보이는 물건들이었다.

우선 주사기가 하나 있었다. 액체가 고인 걸 보니 이미 사용했던 주사기 같았다. 다시 쓰지도 못하는 걸 왜 버리지 않고 챙겨왔는지 모를 일이었다.

그 옆엔 노란색 액체가 반쯤 남은 플라스틱 통이 보였다. 병학은 통을 들고 액체를 유심히 살폈다. 뭔지는 모르겠지만 위는 투명하고 아래는 노란 것이 층이 분리되는 중인 듯했다. 누가 봐도 상한 것 같은 모습이었다.

엄마는 슬쩍 쳐다보고 돌려놓으라는 손짓을 했다.

"학교에서 필요한 거랬어."

"그걸 왜 집까지 가져왔대요?"

"나야 모르지." 엄마가 귀를 쫑긋 세우더니 다급하게 덧붙였다. "밖에서 발소리 난다."

곧바로 현관문이 열리는 소리가 들렸다. 병학은 재빨리 아이스박스 뚜껑을 닫았다. 자물쇠를 원래대로 돌리고, 냉장고 같은 칸에 넣어두었다. 다행히 동생이 부엌에 들어오기 전까지 모든 것을 원상태로 돌려놓을 수 있었다. 냉장고 문을 닫자마자 동생의 얼굴이 눈에 들어왔다.

"왔냐?"

병학이 먼저 인사를 건넸다.

동생은 그저 고개만 끄덕였다. 오랜만에 만났지만 변한 것이 없었다. 그는 여전히 무뚝뚝한 남동생이었다.

"웬일로 집에 다 왔냐?"

"그냥 방학이라서."

동생은 병학을 쳐다보지도 않고 대답했다. 그의 몸은 이미 작은방을 향해 있었다.

"주말에만 집에 있는 거야?"

"아직 모르겠어. 방학 내내 있을 수도 있고."

"알겠어. 쉬어라."

동생이 또 고개를 까딱하더니 자기 방으로 움직였다. 그런데 문고리에 손을 올리기 직전에 갑자기 방향을 틀어 병학에게로 다가왔다. 그리고 식탁 위에 놓여 있던 안동 소주 한 병을 들었다.

"뭐야?"

"이거 형 선물."

선물이라는 말에 병학은 당황하고 말았다. 차마 받을 생각을 못 하고 허공에 손이 멈춰버렸다.

"나?"

"비싼 건 아니고 안동으로 여행 갔다가 사 왔어."

"그러니까 나? 나한테 주려고?"

"어서 받아, 팔 아파."

동생이 술병을 병학의 손에 억지로 쥐어주었다.

"진짜 나 주는 선물이야?"

"그냥 있으니까 사 온 거야."

"고맙다. 잘 마실게."

병학은 그제야 묵직한 술병을 제대로 받아 들었다. 동생에게 생전 처음 받은 선물이었다. 그가 일부러 형을 생각해서 뭔가를 사 왔다는 게 믿기지가 않았다. 얼굴만 봐도 다행이었던 동생이 먼저 선물을 건네다니 세상이 놀랄 일이었다.

"진짜 고맙다. 내가 너한테 선물을 다 받는 날이 오네."

"그냥 사 온 거라니까."

동생은 어색한지 작은방으로 후다닥 사라졌다.

그 옆에선 엄마가 흐뭇한 얼굴로 형제를 바라보고 있었다.

"애가 철이 들어서 나타났지?"

"그러니까요, 이제 어른 다 됐네요."

병학의 입에도 흐뭇한 미소가 맺혔다. 새하얀 청자로 된 안동 소주를 들고 있자니 감회가 새로웠다. 술을 좋아하는 병학이지만 차마 이 선물만은 마시지 못할 것 같았다.

마른행주를 들고 술병을 소중하게 닦았다. 그러고는 부엌 찬장 위에다 고이 모셔두었다. 동생의 첫 번째 선물을 평생 보관해놓을 작정이었다.

그날 밤 병학은 샤워를 하며 하루를 되돌아보았다. 집으로 돌아오는 버스에서만 해도 오늘이 아무런 굴곡이 없다고 느꼈었다. 그러나 그것은 틀린 생각이었다. 오늘은 굴곡이 없는 날이 아니라 큰 울림이 있는 날이었다. 동생이 형을 위해준다는 걸 깨닫게 된 역사적인 날이기도 했다. 가족 덕분에 마음이 오롯이 충족되는 기분을 느끼며, 한동안 입꼬리에서 미소가 떠나지 않았다.

이때까지만 해도 병학은 안동 소주의 의미를 알지 못했다. 아니, 알아볼 생각조차 하지 않았다. 그리고 그것을 무시한 대가는 과분하게 병학을 향해 다가오고 있었다. 바로 다음 날부터 병학의 삶이 완전히 틀어지기 시작한다.

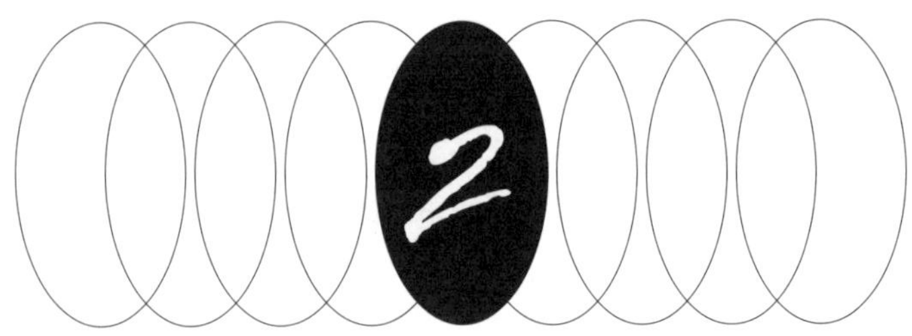

평범한 토요일이었다. 병학은 오랜만에 알람도 맞추지 않고, 눈을 뜨고 싶을 때 여유롭게 일어났다. 침대에서 나와 기지개를 켰다. 시간을 확인하지 않아도 되는 것은 오직 토요일에만 누릴 수 있는 특권이었다. 창문 커튼을 걷고 밖의 상황을 확인했다. 태양이 꽤 위에 있는 걸 보니 아침은 훌쩍 지난 듯했다.

여전히 비가 내리고 있었다. 오늘은 눈이 섞인 비가 내렸다. 바닥은 진창길이 되어버렸고, 길을 지나는 행인들은 신발을 적시지 않으려 느릿느릿 발걸음을 옮겼다. 바람도 심하게 부는지 사람들의 우산이 제멋대로 흔들렸다.

빌라 주차 구역에선 시끄러운 클랙슨 소리가 들려왔

다. 큰 소리를 내도 오늘 같은 날에 속도를 내긴 힘들 것이다. 이런 날씨엔 자고로 집에 틀어박혀 여유를 만끽하는 것이 답이었다. 병학은 오늘만큼은 집 밖을 나가지 말아야겠다고 결심했다.

커피를 끓여 마시러 거실로 나왔다. 시간을 확인하니 11시였다. 늦잠을 자려고 마음먹었는데도 꽤나 선방한 시간이었다. 아직도 오전이었고 오늘이 많이 남았다는 생각이 들자, 자연스럽게 콧노래가 나왔다. 병학은 노래를 흥얼거리며 커피포트에 물을 올렸다.

그런데 등 뒤의 느낌이 무언가 이상했다. 뒤돌아 확인하니 거실에 엄마가 우두커니 앉아 있었다. 평소라면 아침부터 바쁘게 움직였을 엄마가 티브이도 켜지 않은 채 거실 바닥에 주저앉아 있었다. 그것도 심각한 표정을 짓고서.

"엄마? 커피 드실래요?"

병학이 먼저 말을 걸었다.

"……."

엄마는 대답하기를 머뭇거렸다. 말하는 것을 망설인다기보다는 어디부터 말해야 할지 모르는 눈치였다. 단어들이 나왔다가 다른 단어로 바뀌기를 반복했다.

"엄마 커피도 타요, 말아요?"

그사이 병학은 찬장을 열어 남아 있는 믹스커피를 확인했다. 인스턴트커피에도 나름의 종류가 있었다. 커피 맛이 더 진한 것이 있었고, 설탕 맛이 더 강한 것도 있었다.

병학은 어떤 커피를 마실지 고심하다가, 폴리페놀이 함유된 커피를 골랐다. 폴리페놀이 뭔지는 몰랐지만 조금이라도 건강해지는 기분이 좋았다.

"그……."

커피 봉지를 뜯으려는데 엄마가 할 말을 정했는지 입을 열었다.

"부르셨어요?"

"병학아."

엄마가 무겁게 깔린 목소리로 읊조렸다. 병학은 처음 듣는 목소리 톤이었다. 보통 그녀는 높고 빠른 말투로 할 말을 쏟아내고는 했던 것이다.

"왜 그러세요?"

"그 있잖아."

낮은 목소리는 병학을 긴장하게 만들었다. 뭔가 안 좋은 일이 벌어진 것 같은 불길한 예감이 들었다.

"무섭게 왜 그래요."

"병윤이가……." 엄마는 흔들리는 눈빛으로 말을 이었다. "일을 저지른 것 같아."

"병윤이요?"

동생의 이름을 듣자마자 병학은 오히려 긴장을 내려놓았다. 남동생에 대해서는 막연한 신뢰감이 있었다. 모범생인 동생이 저지를 수 있는 일의 범위는 제한적이었다. 기껏 해봐야 학교 수업을 결석한 수준일 것이다.

"무슨 일을 했는데요?"

병학은 다시 커피 타기에 열중했다. 벽에 걸려 있는 머그컵을 살폈다. 다양한 크기의 컵 중에서도 제일 작은 컵을 집어 들었다.

"그게 말이다."

"잠깐만요. 그래서 엄마도 커피 드신다고요?"

남동생의 일은 커피보다도 다급하지 않는 것이었다. 뭐가 됐건 쉽게 해결할 수 있을 것이기 때문이었다.

"난 괜찮다."

"알겠어요."

"그것보다 병윤이가 어제 가져온 주사기로 일을 저질렀어."

"그래요?"

병학은 커피 가루에 물을 붓고는 엄마 옆으로 왔다. 간만에 많이 자서 그런지 몸이 찌뿌드드했다. 조금이라도 활기를 찾으려 커피를 한 모금 들이켰다.

"이 일을 어쩐다니."

"그러니까 주사기로 뭘 했다는 말이에요?"

커피 안에 아직 녹지 않은 알갱이가 남아 있었다. 병학은 잠시 커피가 녹기를 기다렸다.

"사람을 죽였어."

"네?"

"병윤이가 사람을 죽였어."

병학이 무릎을 꿇고 앉아 엄마와 시선을 맞추었다. 엄마의 표정은 어느 때보다 진지했다. 그렇지만 병학은 너무나도 비현실적이라 헛웃음이 나오려 했다.

"누가 그래요? 병윤이가 그랬어요?"

엄마가 고개를 끄덕였다.

"꿈이라도 꾸신 거예요? 엄마, 커피부터 마시고 정신 차려요."

다시 생각해도 어처구니가 없었다. 동생이 사람을 죽였다니 무슨 해괴한 소리인가. 병학의 입에서 헛웃음이 떠나지 않았다.

"나도 꿈이었으면 좋겠어."

"무조건 꿈이죠. 아님 장난이거나요."

병학은 일어나 소파에 편하게 자리를 잡았다. 리모컨을 들고 티브이를 켰다. 애매한 토요일 오전 시간이라 볼 만한 방송이 없었다. 그나마 11번에서 예능 프로그램을 하고 있어 그곳에 채널을 멈췄다. 거실에 방청객들의 웃음소리가 주기적으로 채워졌다.

"나도 장난인 줄 알았어. 그런데 자세히 물어보니까 어제 그랬대. 어제 아이스박스 안에 들어 있던 주사기로 그랬대."

"냉장고에 있던 거요?"

"그래. 이 상황을 어쩌면 좋니."

병학은 일단 엄마를 소파에 앉혔다. 그녀는 언제나 걱

정이 많았고, 호들갑을 떠는 데에 일가견이 있는 사람이었
다. 엄마와 대화를 하다 보면 동네의 강아지 싸움도, 북한
과 미국의 싸움처럼 심각한 듯이 부풀려지고는 했다.

"침착하세요. 제가 병윤이랑 이야기를 해볼게요."

병학은 작은방으로 다가가 문을 열었다. 하지만 동생
이 보이지 않았다.

"쓰레기 버린다고 나갔어."

엄마는 식탁을 가리켰다. 식탁 위에 아이스박스가 뚜
껑이 열린 채로 놓여 있었다. 어제 동생이 가져온 아이스박
스였다. 어제와 다른 점이 있다면 이미 안에 내용물이 사라
진 상태였다.

"이거 버린다고요?"

"맞아."

베란다로 나가 창밖의 상황을 확인했다. 쓰레기장에
동생이 서 있는 모습이 보였다. 동생은 이미 빈손이었지만
들어올 생각이 없는지 자리를 지키고 있었다. 그러다 다시
쓰레기장으로 되돌아가 재활용 통을 뒤적거렸다.

"마침 쓰레기가 쌓여 있었는데 잘됐네요."

"그게 중요한 게 아니잖니."

병학은 엄마의 표정이 너무나 심각해서 다시 실소가
터졌다. 동생은 그저 쓰레기를 버리는 중이다. 쓰레기를 버
리는 아들을 보고 이렇게까지 심각할 이유는 없었다.

"그러니까 엄마 말은 대학생 권병윤이 주사기로 사람

을 죽였다. 이 말이죠?"

"그렇다니까."

"아니, 말이 되냐고요. 엄마 마음을 다스리고 이성적으로 생각해봐요."

"뭘 더 생각하라는 말이니."

엄마는 답답한지 가슴을 쳤다.

"사실이면 이제 형사가 오겠네요. 그러면 그때까지 기다려봐요."

"그러다가 병윤이가 잡혀가면 어떡하니? 그전에 막아야지."

"걔 말이 사실이라면 이미 사람을 죽인 건데 뭘 막을 수 있겠어요."

"막아야지. 해볼 수 있는 건 해봐야지."

엄마가 옆에 따라붙어 설득하기 시작했다. 병학이 커피를 다 마시고 설거지를 하는 동안에도 뒤를 졸졸 따라다니며, 왜 이 사태를 막아야 하는지에 관한 연설을 늘어놓았다. 아무리 피하려 해도, 심지어 화장실로 도망을 가도 엄마의 목소리가 따라왔다. 눈비로 난장판이 된 바깥보다 집이 더 아비규환이 되어가는 순간이었다.

"제가 봤을 땐 동생은 아무도 죽이지 않았어요."

병학은 우선 엄마부터 진정시켜야겠다고 생각했다.

"자기 입으로 그랬다니까."

"그건 사실이 아니에요. 어떻게 하면 믿겠어요?"

“너야말로 어떻게 하면 믿겠니?”

“알겠어요. 제가 확인시켜드릴게요.”

병학이 작은방으로 들어갔다. 책상 위에 놓인 동생의 책가방을 들었다. 가방 안에 언제나처럼 일기장이 있을 것이다. 동생의 일상을 확인하면 엄마도 현실감각을 되찾을 듯했다.

“그건 왜 열어?”

“병윤이가 뭘 하고 다니는지 확인해보려고요.”

엄마는 잠시 고민하더니 동참을 했다.

“그럼 돌아오기 전에 후딱 보자.”

엄마가 작은방 베란다에서 망을 보며, 쓰레기장에 있는 동생을 눈으로 확인했다.

그동안 병학은 동생의 가방을 뒤졌다. 그런데 가방의 구조가 이상했다. 분명 지퍼를 열었는데 노트북 하나가 겨우 들어갈 만한 작은 공간만 나왔다. 공간 안쪽에 두 번째 지퍼가 있었다. 이것까지 열어야 내용물을 비로소 확인할 수 있었다.

“빨리 안 하고 뭐 하니.”

“잠시만요.”

두 번째 지퍼엔 역시나 자물쇠가 매달려 있었다. 세 자리 비밀번호를 맞춰야 하는 작은 자물쇠였다. 병학이 다양한 조합으로 시도를 해보았지만 가방은 열리지 않았다.

“무슨 유럽 여행 가는 것도 아니고 이렇게 꽁꽁 싸매

났대요."

"이러다 들어오겠어."

"잠깐만요. 하필 세 자리라서 그래요."

병학은 결국 숫자를 하나씩 돌렸다. 1부터 999까지라도 확인해볼 작정이었다.

그 모습을 지켜보던 엄마가 책상에서 커터 칼을 가지고 왔다. 그리고 가방의 옆선을 따라 조심스럽게 날을 그었다. 곧이어 손 하나가 들어갈 구멍이 만들어졌다.

"이렇게까지 할 필요는 없어요. 저희가 소매치기도 아니고요."

"금방 꿰매면 돼. 안에 뭐가 있나 보기나 해봐."

지시대로 가방 안에 손을 넣었다. 작은 물건들이 병학의 손에 잡혔다. 확인을 위해 내용물을 하나씩 꺼냈다.

우선 휴대폰 충전기와 두통약이 나왔다. 종이 뭉치도 있었지만 작은 구멍으로는 나오지 않았다. 그 옆엔 부스럭거리는 소리가 나는 물건이 만져졌다. 꺼내보니 포장된 새 주사기였다. 주사기 여러 개가 뭉쳐서 들어 있었다.

"주사기잖아!"

엄마가 놀라 달려왔다.

"이건 그냥 실험용이겠죠. 수의대생이 주사기를 한두 개 쓰겠어요?"

병학은 급히 그녀를 진정시켰다.

"그래도……."

"요새 주사기 정도는 인터넷에서 다 팔아요. 그렇게 이상한 물건은 아니에요."

재빨리 주사기를 치우고, 다시 가방에 손을 넣어 일기장을 찾았다. 하지만 딱히 책으로 보이는 물건은 만져지지 않았다. 대신 종이봉투가 하나 있었다. 조심히 꺼내보니 우체국 편지 봉투였다.

보내는 사람의 이름은 없었지만 받는 사람의 이름에 '최가영'이라고 적혀 있었다. 주소는 수원의 오피스텔이었고, 우표도 하나 붙어 있었다.

"요즘 시대에 손 편지를 보내다니, 진짜 병윤이답지 않아요?"

봉투 안에 들어 있던 편지지를 뺐다. 흰색 A4 용지에 반듯한 글씨체로 또박또박 편지가 적혀 있었다. 병학은 고민 없이 편지를 읽어나갔다.

가영에게

오늘 점심에 아버님한테 주사를 놓는 데 성공했어. 몇 달 동안의 노력이 드디어 결실을 맺었어. 일단 축하한다는 말부터 하고 싶어. 당해왔던 모든 사람에게도 축하를 전하고 싶은 날이야.

언제 죽을지는 확실히 모르겠어. 오래 걸리면 몇 주도 걸릴 것 같아. 마음 같아선 당장 오늘이었으면 좋겠지만. 그 정도는 기다려줄 수 있지?

나는 당분간 서울에서 지내려고 해. 의심을 피하기 위해서라도 불필요한 연락은 자제하는 게 좋겠어. 그래도 너무 걱정하지는 마. 형사가 오더라도 아무런 문제가 없을 테니까 긴장하지도 말고, 내가 없어도 잘 지내고 있어.

그리고 난 이왕 서울까지 온 김에 형한테도 주사를 놓을 생각이야.

형까지 성공시키고, 모든 걸 마무리하고 돌아갈게.

언제나 고마워.

마지막에는 병윤이라는 이름과 함께 어제 날짜가 적혀 있었다. 병학은 편지를 여러 번 정독했지만 정확히 어떤 상황인지 이해가 되지 않았다.

"무슨 내용이니?"

엄마도 편지가 궁금한 눈치였다.

"음……. 그게 말이죠."

"뭔데 그러니?"

"일단 병윤이가 쓴 건데요."

"걔가 뭐래?"

뭐라 대답을 해야 할지 감을 잡을 수 없었다. 편지 내용이 혼란스러웠다.

그래서 병학은 우선 대답을 미루고 거실로 달려갔다.

휴대폰을 챙겨 와서 편지를 사진으로 남겨두었다. 봉투 겉면에 적힌 주소도 같이 촬영했다. 그러고는 다시 편지를 원래대로 책가방 안에 고이 넣었다.

"무슨 내용인데 그래?"

"별로 중요한 내용은 아니에요. 엄마, 일단 가방부터 꿰매주세요."

"왜 그러는 건데?"

"일단 꿰매가면서 이야기해요. 병윤이가 들어올지도 모르니까요."

식탁에 엄마와 마주 앉았다. 그녀가 능숙한 손놀림으로 바느질을 하는 사이에, 병학은 휴대폰을 켜고 편지 내용을 꼼꼼히 살폈다.

오늘 점심에 아버님한테 주사를 놓는 데 성공했어.

처음 문구만 보면 동생이 최가영이라는 여자의 아빠한테 주사를 놨다는 말이 된다. 아저씨가 아니라 아버님이라고 부르는 걸 보면 평범한 사이는 아니었다.

"엄마, 혹시 병윤이 친구들 중에 최가영이라고 들어봤어요?"

"모르겠는데, 걔가 친구 얘기를 원체 안 하잖니."

"그럼 여자 친구가 있다는 이야기는요?"

"들은 적은 없기는 한데⋯⋯, 여자 친구는 있어. 그때 병윤이 생일날 학교에 찾아갔다가 마주쳤거든."

최가영이 그 여자 친구일까? 그렇다면 아버님이라는 호칭도 설명이 되었다. 장인어른 같은 사이라 아저씨가 아니라 아버님으로 부른 것이다.

"여자 친구 아버지까지는 모르죠?"

"모르지. 근데 여자애가 참 괜찮더라. 인상도 착하고 예의도 바르고. 병윤이가 부끄럽다고 그냥 가라는데도 어찌나 살갑던지. 가정교육을 잘 받은 것 같더라니까."

"……."

엄마의 말을 들을수록 동생이 주사를 놓을 이유가 없어 보였다. 사이가 좋은 여자 친구의 아버지를 해칠 이유가 떠오르지 않았다. 병학은 일단 편지의 다음 내용을 살폈다.

언제 죽을지는 확실히 모르겠어.

이 문구만 보면 주사를 놓긴 했지만 죽지는 않았다는 말이 된다. 즉 아무도 죽은 사람은 없었다. 그래서인지 편지 내용이 사실 같지 않았다. 특히나 편지의 마지막 구절도 그랬다.

형한테도 주사를 놓을 생각이야.

병학한테 주사를 놓는다니 무슨 뜬금없는 소리인가. 동생이 주사를 놓을 하등의 이유가 없었다. 그래서 편지를 확인할수록 모든 일이 동생의 장난이 아닐까 하는 의심이 들기 시작했다.

"병윤이 여자 친구랑 관련이 있는 거니?"

엄마가 힐끔 쳐다보더니 물었다.

"그런 것 같아요. 여자 친구의 아버지한테 주사를 놨나 봐요."

주사라는 단어에 바느질하던 엄마의 손이 멈췄다.

"그럴 줄 알았어."

"엄마 진정해요. 그냥 주사만 놓은 거예요."

"이런 상황에 어떻게 진정을 하니?"

"그게……, 아무도 안 죽었어요. 그래서 별일 아니라고 한 거예요."

"안 죽었다는 게 무슨 말이야?"

"피해자가 없다고요. 병윤이가 사람을 죽인 게 아니라고요."

"정말이야?"

죽은 사람이 없다는 것만큼은 확실했다. 그렇다면 걱정할 이유가 없다는 것도 확실하다.

"정말이에요. 그래서 제가 파악했을 땐……." 병학이 빠르게 편지를 훑었다. "그냥 어린애들 장난 같거든요? 원래 이렇게 역할놀이하면서 편지 주고받는 애들이 있어요."

"무슨 장난이야, 이런 장난을 왜 해?"

"그거까진 모르겠지만……,"

편지의 내용이 딱 중학생 수준의 망상과도 같이 느껴졌다. 편지를 읽을수록 진짜 주사를 놓았는지도 의문이 생겼다. 주사를 놓고 사람이 죽을 일만 기다리고 있다는 게, 게임에나 나올 법한 상황 같았다.

"죽인 게 맞아. 병윤이가 자기 입으로 분명히 말했어."

"그런데, 걔가 누굴 죽였으면, 지금 형사가 문 두드리고 난리가 나야 하잖아요. 그렇지 않겠어요? 당장 잡혀 가도 모자를 텐데 말이에요."

엄마가 고개를 갸우뚱하더니 바늘을 내려놓고 물었다.

"편지에 정확히 뭐라고 써 있니?"

"그냥 그런 내용이에요. 주사를 났고, 당분간 서울 집에서 지낸다고요."

"나도 좀 보자."

엄마는 왼손으로 휴대폰을 낚아챘다.

"진짜로 별 내용 없어요."

엄마의 손에 편지가 넘어가는 걸 막아보려고 했다. 그러나 그녀의 손동작이 너무나도 빨라 차마 제어하지 못했다. 잠시 후 편지를 확인한 엄마가 다시 호들갑을 떨기 시작했다.

"다음은 병학이 너한테 한다잖아. 너를 죽인다잖아. 너를 말이야."

"에이, 그것도 그냥 허세 같은 거죠. 원래 동생들은 형을 이기고 싶어 하잖아요. 그런 장난의 일종으로 보여요."

다시 휴대폰을 회수하고, 최대한 엄마를 진정시키려 노력했다.

"장난이 아니면 어떡하니? 병윤이가 대학교에 들어갔을 때부터 그랬어. 그런 공부를 할 거라고 했어."

병학의 노력은 소용이 없었다. 엄마는 아까보다도 더 심각한 얼굴을 하고 있었다.

"뭔 공부요? 사람을 죽이는 공부요?"

"내가 용어를 잘 모르니까……, 정확히는 모르겠지만."

"그런 공부가 어디 있어요? 엄마, 너무 걱정하지 말아요. 병윤이는 그럴 애도 아니고요. 무엇보다도 그럴 이유도 없으니까요."

한숨 쉬는 엄마를 다독였다. 그리고 그녀를 도와, 병학은 바느질부터 마무리했다.

시간이 꽤 흘렀지만 아직도 동생은 들어오지 않았다. 작은방에 가방을 돌려놓고 밖을 확인하니, 이제는 동생의 모습이 보이지 않았다. 빌라 단지를 샅샅이 눈으로 살펴도 동생을 찾지 못했다.

하늘에선 이제 눈이 펑펑 내리고 있었다. 완연한 함박눈이 내리는 중이었다. 질척거리던 회색의 도로 위로 흰 눈이 쌓이기 시작했다. 이대로 얼기라도 한다면 도로가 얼마나 미끄러울지 상상이 되지 않았다.

티브이의 예능 프로그램이 끝나고 짧은 뉴스가 흘러나왔다. 저녁까지는 눈이 계속된다는 일기 예보가 들렸다. 아나운서가 변덕스러운 날씨에 운전 길을 조심하라는 당부의 말을 전했다.

병학은 배를 움켜쥐었다. 아침부터 너무 움직여서 그

런지 배가 고파왔다. 배달이라도 시킬까 했지만 함박눈을 보고 단념을 했다. 오늘 같은 날씨라면 배달원들에게 예의가 아닌 듯했다. 결국 집에 있는 밑반찬에 계란 프라이를 부쳐 엄마와 함께 늦은 점심을 먹었다.

그 와중에 엄마의 입은 쉴 줄을 몰랐다. 병학은 그녀를 정말 사랑했지만 이럴 때는 혼자 있는 시간을 바랐다. 엄마가 하는 말은 한결같았다. 편지가 사실이면 어떡하냐는 걱정이었다.

"네가 왜 안 믿는지는 모르겠지만 만약을 대비해서 나쁠 건 없잖니. 사실이면 진짜 큰일 나는 거야."

결국 병학은 두 손을 들었다.

"알겠어요. 제가 알아볼게요."

다 먹은 밥그릇을 들고 식탁에서 일어났다. 싱크대에 그릇을 대충 쌓아놓고 화장실로 들어갔다. 세수를 한 뒤 간단히 나갈 채비를 했다.

"어디를 나가는 거야?"

"편지 주소에 갔다 올게요. 최가영의 아버지가 주사를 맞았나만 확인하려고요. 아닌 걸 알아야 엄마도 안심을 하잖아요."

병학은 직접 몸을 움직여야겠다고 생각했다. 다리 아픈 엄마가 걱정을 하고 있는데 옆에서 가만히 있을 수만은 없었다. 또 밖에 나가면 집보다 조용할 것 같았다. 잠시만 귀를 쉬어주고 싶었다.

"지금 간다는 말이니?"

"네, 해 지기 전에 다녀올게요."

그런데 엄마는 예상 밖의 말을 외쳤다.

"안 돼!"

"왜요?"

"밖에서 병윤이가 공격이라도 하면 어쩔 거야."

병학은 그녀의 황당한 주장에 머리를 감쌌다.

"그럴 리가요."

"잠시만 있어봐. 네 동생이 어딨는지부터 알고 나가."

"엄마, 걱정 말고 계세요."

더 이상 부질없는 대화가 이어지기 전에, 병학은 현관문을 열고 밖으로 뛰쳐나왔다. 엄마에게 밝게 인사를 건네고는 계단을 내려갔다. 수원으로 가서 간단한 사실만 확인할 작정이었다. 병학은 그렇게 가벼운 마음으로 발걸음을 옮겼다.

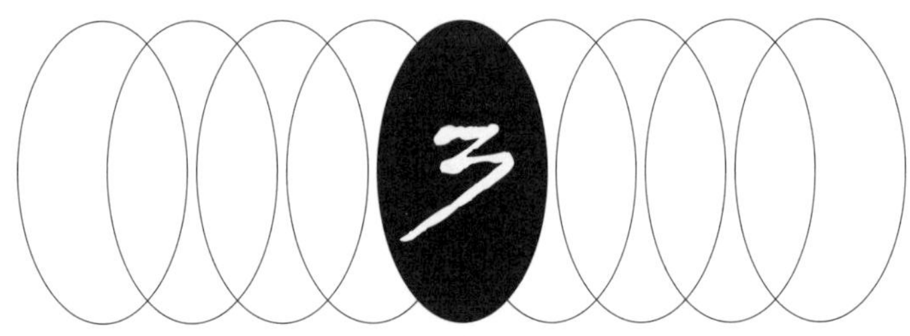

빌라 입구로 나가니, 화단 앞에는 불도그가 뛰어놀고 있었다. 앞집에 사는 쌍둥이들과 공을 주고받는 중이었다. 불도그 주인인 1층 할머니는 보이지 않았다. 1층 집은 항상 불도그만 방생해놓았다. 이대로라면 병학의 자전거가 또 물어뜯기는 건 시간문제였다.

"삼촌!"

여덟 살짜리 남자아이가 병학에게 손을 흔들었다.

"호영아, 조심해서 놀아. 그러다 개한테 물려."

"아니야. 이 강아지 엄청 순해."

옆에 있던 같은 또래의 여자아이가 대꾸했다.

"원래 강아지들은 순하다가도 조금만 배고프면 돌변

하고 그러는 거야.”

“돌변이 뭐야?”

“갑자기 막 변한다고.”

“삼촌처럼?”

선영이 해맑은 목소리로 물었다.

“삼촌이 언제 그랬어.”

“저번에 아이스크림 사준다고 해놓고 갑자기 안 사줬잖아.”

호영이 옆에서 거들었다.

“그건 변심이고. 돌변은 더 무서운 거야.”

쌍둥이들은 잘 모르겠다는 듯이 어깨를 으쓱했다. 그러고는 다시 불도그와 신나게 뛰어놀기 시작했다. 선영이 공을 멀리 던지자 불도그는 내리는 흰 눈 사이로 사방팔방 달려갔다. 그리고 그 뒤를 호영이 쫓았다. 불도그의 꼬리라도 잡으려는 듯이 남자아이가 혼신의 힘을 다해 뛰었다. 질척이는 웅덩이 사이로 장화를 신은 아이들의 경쾌한 발놀림이 이어졌다. 곧 단지 안이 쌍둥이들의 웃음소리로 채워졌다. 병학은 그들을 지켜보다가 문득 질문을 던졌다.

“얘들아, 혹시 병윤이 형 봤어?”

쌍둥이들이 계속 이곳에 있었다면 동생이 어디로 갔는지 정도는 봤을 법했다. 그런데 아이들의 대답은 병학의 예상을 뛰어넘는 것이었다.

“그 오빠가 누군데?”

"삼촌 동생 있잖아."

"삼촌도 동생이 있어?"

생각해보니 아이들은 병윤이를 본 적이 없었다. 병윤이가 집에 왔던 것은 6년 전이 마지막이었다. 그때 쌍둥이들은 걸어 다니지도 못하는 갓 돌이 지난 아기였다. 새삼 동생이 얼마나 오랜 시간 집을 비웠는지 세월을 실감했다.

앞집 쌍둥이들이 자란 만큼 동생도 나이가 들었을 것이다. 그런데도 장난스러운 편지나 쓰고 있는 게 조금은 한심하게 느껴졌다. 병학은 동생이 집에 돌아오면 꿀밤이나 한 대 쥐어박아야겠다고 마음먹었다.

"삼촌 이제 간다! 넘어지지 않게 조심히 놀아!"

인사를 건네고는 눈길을 피해 조심스럽게 걸음을 옮겼다.

"다음에는 꼭 아이스크림 사줘야 돼."

쌍둥이들도 짧은 손을 쭉 뻗고 인사를 했다. 누가 쌍둥이 아니랄까 봐 둘의 자세가 똑 닮은 모습이었다.

"겨울 지나면 사줄게."

"약속한 거야!"

그렇게 병학이 단지 앞 큰길로 내려왔다.

눈앞에 버스 정류장이 보였다. 호기롭게 나왔으나 수원까지 어떻게 가야 할지 막막하기만 했다. 시내버스를 타고 사당으로 가서 좌석버스로 갈아타는 방법이 있다. 그렇지만 눈 내리는 날씨에 버스는 막힐 것이 뻔했다. 지하철을 탈까 고민하다가 차라리 자동차를 렌트하기로 결정했다. 똑같이 오래 걸릴 바에야 조금이라도 편한 것이 나았다.

집 근처에 있는 렌터카 지점을 찾아갔다. 박스 모양으로 된 경차가 할인 중이었다. 3시간을 이용하면 1시간을 서비스로 추가해주는 이벤트였다. 대신 반납할 시간보다 늦으면 벌금이 부여됐다. 병학은 망설임 없이 이벤트를 신청했다. 4시간 정도면 수원에 가서 알아보기 충분했다. 그렇게 검정색 박스카를 대여했다.

운전석에 올라타니 경차답지 않게 공간이 꽤나 넓었다. 렌터카라 액셀이 뻑뻑했지만 그래도 가격 대비 쓸 만은 했다. 병학은 편지에 있던 주소를 내비게이션에 입력했다. 수원에 위치한 오피스텔로, 도착 예정 시간이 1시간이 채 안 되었다. 토요일 점심때라 수원으로 내려가는 길에 통행량이 적은 듯했다.

뚫린 길을 따라 수원으로 갔다. 노래를 몇 곡 듣다 보니 예상보다 수월하게 수원에 진입할 수 있었다. 목적지인 오피스텔 건물을 찾는 것도 어렵지 않았다. 굳이 찾지 않아도 골목에서 제일 눈에 띄는 건물이었다. 깨끗한 신식 건물로 1층 로비도 호텔처럼 고급스러웠다. 여러모로 일반적인 오피스텔은 아닌 듯 보였다.

병학은 우선 건물 앞 길가에다가 차를 세웠다. 내비게이션 지도를 확인하니 동생의 대학교가 10분 거리라는 사실을 알 수 있었다. 병학은 혹여나 주위에 동생이 있을까 경계하며 차에서 내렸다.

어떻게 하면 최가영 아버지에 대한 이야기를 들을지 고민이었다. 편지 봉투에 적힌 203호로 가서 최가영을 만날 수도 있었다. 그렇지만 무턱대고 찾아가 처음 보는 여자한테, 아버지가 주사를 맞았는지 물어보기도 애매한 상황이었다.

결정을 못 하고 건물 앞에서 서성거렸다. 혹시나 203호가 보일까 싶어 힘껏 높이 뛰었다. 그러나 층고가 높아 2층의 밑바닥도 보이지 않았다.

그렇게 병학이 한참을 두리번거리는데, 건물 안에서 반팔 티셔츠를 입고 서 있는 할아버지가 째려보고 있는 것을 발견했다. 무섭게 생긴 노인과 눈이 마주쳤다. 커다란 빗자루를 들고 있는 걸 봐서는 건물의 관리인으로 보였다.

"안녕하세요."

병학은 최대한 밝은 모습으로 다가갔다.

"……."

하지만 노인은 경계를 풀지 않았다. 같은 자세로 유심히 병학의 모습을 관찰했다.

"어르신, 뭐 좀 여쭤봐도 될까요?"

"……."

노인이 저리 가라는 손짓을 했다. 누구라도 지금의 병학을 본다면 경계부터 했을 것이다. 병학의 덩치가 산만 한

탓도 있었고, 주말이라 편한 옷을 입은 탓도 있었다. 검정 롱패딩으로 무장한 덩치 큰 남자가 얼쩡거리는 것이, 병학이 생각하기에도 꽤나 수상했다.

그렇지만 병학은 포기하지 않았다. 이대로 돌아가기엔 수원까지 온 보람이 없다. 최가영 아버지에 대한 어떠한 정보라도 알아가야 했다. 병학은 최대한 순한 표정을 지으며 노인에게 다가갔다.

"어르신, 다름이 아니라요."

"빈방 없어. 그만 좀 찾아와."

할아버지는 병학을 부동산 직원으로 오인한 듯 보였다. 아까부터 건물을 유심히 살폈으니 그럴 만도 했다.

"부동산에서 온 게 아니에요."

"그러면?"

"어르신, 여기 203호에 사는 아가씨 아시나요?"

노인이 미간을 찌푸렸다. 혼자 사는 아가씨에 대해 캐물어서일 것이다. 병학은 이상한 오해를 받지 않으려 공손하게 두 손을 모았다.

"그 집은 왜?"

"제가 거기 아가씨랑 아는 사이인데……."

"아! 저기구만." 무섭던 노인의 표정이 스르륵 풀어졌다. 그는 한달음에 나와 병학의 어깨를 쓰다듬었다. "어디서 봤나 했더니, 얼굴이 똑같구먼."

"저요?"

　노인의 갑작스러운 태도 변화에 당황한 것은 병학이었다. 노인이 왜 친절해졌는지 알지 못했다.

　"난 또 아래 부동산인 줄 알았잖어. 그 방 청년이랑 똑같이 생겼어. 이름이 뭐였더라?"

　"제 이름은 권병학인데……."

　"아니, 말고."

　병학과 똑같이 생긴 청년이라면 동생뿐이다.

　"제 동생은 권병윤….”

　"맞아! 맞아."

　노인이 기쁨의 박수를 쳤다.

　"제 동생을 아세요?"

　"알다마다, 내가 그 청년 아주 좋아혀. 그런데 춥지 않어? 들어와서 커피라도 한잔혀."

　"그래 주신다면 저야 감사하죠.”

　병학은 노인의 성의를 사양하지 않고 그의 뒤를 따랐다. 관리인이라면 많은 사실을 알고 있을 것이다. 질문을 하기 좋은 최적의 기회였다. 때를 노려 최가영 아버지에 대해 물어봐야겠다고 결심했다.

　"다시 봐도 똑같이 생겼어."

　"그런 소리 종종 듣습니다."

　"그렇지?"

　실제로 병학과 동생은 닮았다는 이야기를 자주 들었다. 특히나 둘 다 성인이 되면서 얼굴이 더욱 똑같이 변해

갔다. 아홉 살의 나이 차이가 점점 무색해진 것이다. 다만 차이가 있다면 덩치였다. 병학은 육중했지만 동생은 왜소했다.

"그래도 이쪽이 더 크구먼. 형인가?"

두꺼운 안경을 쓴 할아버지도 형제의 차이를 정확히 알아봤다.

"네. 제가 형입니다. 권병학이라고 합니다."

"203호 형이라면 잘해줘야지. 커피 괜찮지?"

"저야 좋습니다."

병학은 노인이 이끄는 대로 1층 복도에 위치한 현관문으로 들어갔다.

집 안은 일반 가정집 같았다. 오피스텔 몇 개를 합해 주인집 용도로 개조한 듯했다. 노인의 편한 차림과 태도로 볼 때, 그가 관리인이 아니라 건물 주인일지도 모르겠다고 병학은 생각했다.

"앉아 있어봐."

노인이 병학을 소파에 두고 부엌으로 사라졌다.

혼자 남아 거실을 둘러보았다. 집의 인테리어는 전반적으로 고풍스러웠다. 오래된 갈색의 원목 가구들과 금빛 벽지가 눈에 띄었다. 가죽으로 된 소파는 딱딱해 보였지만 막상 앉으니 편안했다. 소파 옆에는 작은 화분이 있었다. 난 화분을 제외하고 별다른 소품은 눈에 띄지 않았다.

티브이 옆엔 할머니의 사진이 놓여 있었는데, 사진의

구도상 영정 사진 같았다. 그 외의 다른 가족의 사진은 찾을 수 없었다. 소파에 밴 노인의 진한 냄새와 공허한 분위기, 그는 아마 혼자 산 지 꽤나 오래됐을 것이다. 거실만 봐도 그의 외로움이 느껴졌다.

"어쩐 일로 왔는가?"

노인은 부엌에서 커피 두 잔을 가지고 왔다. 꽃무늬가 인상적인 커피 잔에 블랙커피가 들어 있었다. 향이 아주 진한 걸 보니 인스턴트가 아니라 방금 막 원두를 내린 티가 났다.

"여쭤보고 싶은 게 있어서요."

병학이 커피를 받아 들었다. 그가 궁금한 건 최가영의 아버지가 주사를 맞았는지 여부였다.

"무언데?"

하지만 무턱대고 질문을 할 수는 없었다. 주사 이야기를 꺼내면 상대가 황당한 표정만 지을 것이 뻔했다. 병학은 어떤 식으로 접근할지를 고심했다. 그리고 원하는 질문까지 차근차근 단계를 밟기로 했다.

"병윤이가 이곳을 자주 찾아왔나 보죠?"

우선 동생에서부터 시작했다. 동생에서 최가영을 거쳐 그녀의 아버지로 도착하는 단계였다.

"그럼 찾아오다마다. 여기 같이 살았는걸."

할아버지는 맞은편 일인 소파에 앉아 있었다. 커피 잔을 들며 자연스럽게 의자에 등을 기댔다.

"같이 살았다고요? 둘이서 말입니까?"

병학은 생전 처음 듣는 이야기였다. 그동안 남자 기숙사에 살고 있는 줄 알았다. 동생이 여자 친구와 동거를 하다니 너무나도 의외인 소식이었다.

"꽤 오래됐어. 그러니까 내가 그 청년을 잘 알지."

노인은 청년이라는 단어를 입에 담을 때마다 손자를 떠올리는 듯한 미소를 지었다. 병윤에 대한 이미지가 꽤나 좋은 듯했다.

"얼마나 오래됐습니까?"

"재계약을 두 번이나 더 했으니까. 5, 6년쯤 지났나."

5, 6년 전이면 동생이 대학교를 막 입학한 시기였다.

"첫인상부터 좋았어. 그러니까 둘이 사는 것도 흔쾌히 허락했지. 지금까지도 별 탈 없이 사는 걸 보면 내가 사람은 잘 봤어."

"동생이랑 그 여자 분은 사귀는 사이인 거죠?"

"사귀다마다. 사실 처음 봤을 땐 신혼부부인 줄 알았다니까. 어린 나이에 사고라도 쳤나 했어."

노인이 호탕하게 웃었다. 오랜만에 이야기 상대를 만나 기분이 좋은지 점점 말이 많아졌다. 병학에게는 좋은 신호였다.

병학은 집에 들어가면 동생에게 동거를 물어봐야겠다고 결심했다. 그렇지만 지금은 물어볼 다른 이야기가 있었다. 그래서 다음 대화 주제로 이어갔다.

“가영 씨는 어떤 사람이에요?”

“가영이가 누구여.”

“203호에 사는 여자 분 말이에요.”

노인이 수상하다는 눈빛을 병학에게 보냈다.

“그런 걸 내가 말해주면 안 되지. 동생한테 들어.”

“그런가요?”

“그래, 그런 건 정식으로 상견례할 때 물어보는 거야.”

노인은 상황이 재미있는지 광대를 들썩였다.

반대로 병학의 얼굴은 굳기 시작했다. 가영에 대한 이야기가 막혔는데, 그녀의 아버지에 대한 말을 해줄 리 만무했다. 어떻게 질문을 이어나가야 할지 난감했다.

“커피는 입에 맞나?”

먼저 정적을 깬 건 노인이었다.

“맛있습니다.”

“이 잔이 비싸. 내가 중국 여행 갔다가 골동품점을 들어갔는데 이걸 딱 발견했구먼.”

노인의 수다가 이어졌다.

병학은 열심히 맞장구를 치며 속으로는 질문 거리를 떠올렸다. 최가영의 아버지에 대해 직접적으로 물어볼 수 없다면, 집안에 대해 돌려 묻는 것이 좋을 듯했다. 기회를 보던 병학이 입을 열었다.

“여기 월세는 어느 정도 합니까? 베란다가 있는 걸 보면 꽤 비싸 보이는데요.”

“75만 원.”

비쌀 거라고 생각했지만 예상보다도 더욱 비쌌다. 75만 원은 병학의 현재 월급이기도 했다. 동생이 매달 그만큼의 돈을 월세로 내고 있다니 기함할 일이다.

“가격이 엄청나네요.”

“거실에 방 두 개가 딸려 있어. 이런 방 치고 비싼 건 아니야.”

“지역 시세가 그 정도 하나요?”

“그것보다는 우리가 싸지. 우리는 관리비가 14만 원밖에 안 되니까.”

그렇다면 동생은 매달 89만 원을 주거비로 내고 있었다. 집에서 등록금 빼고 동생에게 주는 용돈은 따로 없었다. 아무리 아르바이트를 한다고 해도, 학생이 매달 89만 원의 월세를 감당하기는 어려웠다.

“가영 씨네 집안이 부자인가 봐요. 저희 집에서는 아무 지원을 안 해주거든요.”

병학은 일부러 가영보다 부자라는 단어에 억양을 넣었다. 그녀의 집안 이야기를 듣고 싶기 때문이었다. 그리고 다행히도 노인이 마수에 걸려들었다.

“그럼, 그 집 유명하잖아.”

“유명한 집안인가요?”

“몰라? 어찌 몰라.”

“전혀 들은 바가 없어요.”

노인은 몸을 숙여 병학에게 다가왔다. 누가 듣고 있는 것도 아닌데 주위의 눈치를 살피더니 말했다.

"거기 아빠가 수원에서 유명한 조폭이야."

노인은 비밀을 말하는 사람처럼 속삭였다.

"조폭이라면…… 그 조폭이오?"

"그래. 매달 상납하는 장사치들만 해도 엄청나지."

상상도 못 한 대답이었다. 병학은 동생의 편지를 떠올렸다. 당해왔던 모든 사람에게 축하를 전하고 싶다는 문장이 있었다. 조폭에게 당한 사람을 지칭하는 말이었을까?

"심하게 당한 사람도 있고 그랬어요?"

"에휴, 당한 건 말도 못 하지. 걔네가 무데뽀로 쳐들어오는 걸로 유명했어. 저기 팔달구 상가를 몇 개나 때려 부쉈다고."

병학의 눈이 동그랗게 커졌다가 다시 작아질 생각을 하지 않았다. 조폭이라는 존재는 들어봤지만 이렇게 가까운 사람에게서 이야기를 들은 것이 처음이었다.

"그런 집안이지만 아가씨가 참하게 잘 자랐어."

노인은 병학의 반응이 걱정되었는지 급하게 덧붙였다.

"그러니까 티브이에서나 보던 진짜 조폭이라고요?"

"그래. 이제 와서 하는 말인데, 조폭도 아니고 양아치라는 말이 적당해. 맨날 중앙시장에 와서 어찌나 난동을 피우는지, 조폭은 의리라도 있지. 걔네들은 맨날 시비만 걸어댔다고."

노인의 말은 놀라움 그 자체였다. 그런데 병학을 더욱 놀라게 한 말은 뒤에 이어졌다.

"사람 일이 몰라. 그렇게 잘나가던 사람이 하루아침에 죽을 줄 누가 알았겠어."

"죽었다고요? 누가요?"

"그 조폭, 203호 아가씨의 아빠 말이야. 오늘 아침에 죽었어."

순간 모든 감각이 멈춰버렸다. 사람이 죽었다. 최가영의 아버지가 죽었다. 편지에 적혀 있던 예언이 들어맞았다.

"왜요? 어떻게 돌아가셨는데요?"

이성적으로 생각해야 했다. 죽었다는 말이 동생이 죽였다는 말은 아니었다. 정확하게 판단할 필요가 있었다.

"시장에서 쓰러졌다는 이야기는 들었는데, 자세한 건 나도 몰라. 다른 조폭이 죽였다는 소리도 있고, 이런저런 소문만 무성해."

"누가 죽인 건 맞는 건가요?"

"그것도 지금 모른다니까."

"혹시 그 돌아가신 분 성함을 알 수 있을까요?"

죽었다는 사실 자체는 중요하지 않다. 지금 중요한 것은 동생이 죽였는지의 여부였다. 편지 내용대로면 동생이 주사를 놓았고, 그래서 조폭이 죽었어야 했다. 하지만 왜소한 동생이 조폭을 상대로 주사를 놓는다니 선뜻 납득하기 힘들었다.

"그 양반 이름이 기정, 최기정이."

최기정. 병학은 노인이 말해준 이름 석 자를 머리에 새겼다. 그리고 급하게 자리를 마무리했다.

"커피 잘 마셨습니다."

"더 있다가 가지 왜."

"아닙니다. 바쁘실 텐데 더 이상 폐를 끼칠 순 없으니까요."

노인은 계속 대화를 이어나가고 싶은 듯했다. 그렇지만 병학은 그의 아쉬움을 뒤로하고 건물을 빠져나왔다.

"최기정이라……."

자동차를 끌고 오피스텔 건물이 보이지 않는 길가로 들어섰다. 갓길에 잠시 차를 세우고 휴대폰을 켰다.

최기정이라는 이름을 검색해보았다. 다양한 최기정들의 사진이 떴다. 수원 조폭이라는 단어를 함께 검색하니, 그제야 병학이 찾는 최기정이 나왔다.

짧은 기사 몇 개를 발견할 수 있었다. 팔달구파 두목이 사망했다는 내용이었다. 향년 56세. 기사에는 장례식장의 주소 정도만 짧게 나와 있었다.

검색할 수 있는 모든 기사를 찾아 들어갔다. 어디에도 살인이라는 단어는 없고 사망이라는 표현을 사용했다. 그나마 다행인 소식이었다.

그러던 중에 한 인터넷 신문에서 흥미로운 문장을 발

견했다.

한편 최기정 씨의 죽음은 신의 심판이라 불리며 SNS상에서 큰 화제를 모았다.

'신의 심판'이 무슨 뜻인지 이해되지 않았다. 트위터에 접속해 신의 심판이라는 단어를 검색했다. 꽤나 많은 글이 확인됐다. 그리고 모든 글은 하나의 영상을 중심으로 떠들고 있었다.

병학이 문제의 영상을 재생했다.

화질이 낮아 정확하지 않았지만 시끄러운 군중 소리로 볼 때 시장 한복판으로 보였다. 흔들리던 카메라가 검은 양복을 입은 남자의 뒷모습을 찍기 시작했다. 남자는 길거리에서 떡볶이를 파는 할머니에게 시비를 건다. 그러더니 곧 떡볶이를 전부 바닥에 엎어버린다. 할머니가 울음 섞인 아우성을 질러보지만, 남자는 아랑곳하지 않는다. 종종 말리는 시민들이 나타났지만, 남자가 휘두르는 주먹에 모두 꼼짝 못 하고 지나친다. 결국 아무도 상황을 막지 못하고, 할머니의 통곡 소리만 커진다.

그런데 순간 양복을 입은 남자가, 떡볶이 국물이 흥건한 길바닥 위로 무릎을 꿇는다. 조폭은 한참 동안이나 할머니를 향해 무릎을 내어준다. 그 모습을 마지막으로 영상이 끝이 난다.

영상을 올린 사람의 설명에 따르면, 조폭은 그 자세 그대로 사망했다고 한다. 무릎을 꿇은 채로 갑자기 죽었다는 것이다. 이런 놈은 죽어도 싸다는 글과 함께, '신의 심판'이라는 용어가 태그되어 있었다.

병학이 다시 한번 영상을 재생했다. 신의 심판인지는 모르겠지만, 확실히 기묘한 죽음이긴 했다. 아무도 건드리지 않은 조폭이 혼자 화를 내며 무릎을 꿇고 사망하다니. 그나마 다행인 것은 영상 속에 동생의 모습이 보이지 않는다는 사실이었다.

병학은 혹시나 조폭의 몸에 주사 자국이 있는지를 살폈다. 그러나 영상의 화질이 좋지 않아 세부적인 것까진 보이지 않았다.

머릿속에선 오직 하나의 질문만이 맴돌았다.

'동생이 죽였을까?'

병학은 자신 있게 아니라는 대답을 외칠 수 있었다. 그 착하고 여린 애가 어떻게 조폭을 죽이겠는가.

또한 동생이 아니라는 확실한 증거도 있었다. 모든 기사가 살인이 아닌 사망이라는 표현을 사용했다. 조폭은 살해당한 것이 아니었고, 동생과도 연관 없는 죽음이었다.

그런데 어쩐 일인지 찜찜한 마음을 털어낼 수 없었다. 잠시 고민하던 병학은 홀린 듯이 차에 시동을 걸었다. 기사에 나온 장례식장 주소를 내비게이션에 입력했다. 목적지까지 20분이라는 설명이 흘러나왔다.

지금 당장 장례식장에 가려면 준비할 것이 태산이었다. 근처에서 양복도 사야 하고 부조금도 현금인출기에서 뽑아야 했다. 모든 일을 다 하고 나면 렌터카 반납 시간은 맞출 수 없을 것이었다. 꽤나 많은 벌금을 내야 할지도 모른다.

그런데도 병학은 액셀을 밟았다. 수원까지 왔으니 기왕이면 확실하게 해두는 편이 좋다고 결정을 내렸다. 동생이 살인자가 아니라는 것을 분명히 해야 했다.

병학은 오로지 진실을 듣기 위해서 장례식장으로 향했다.

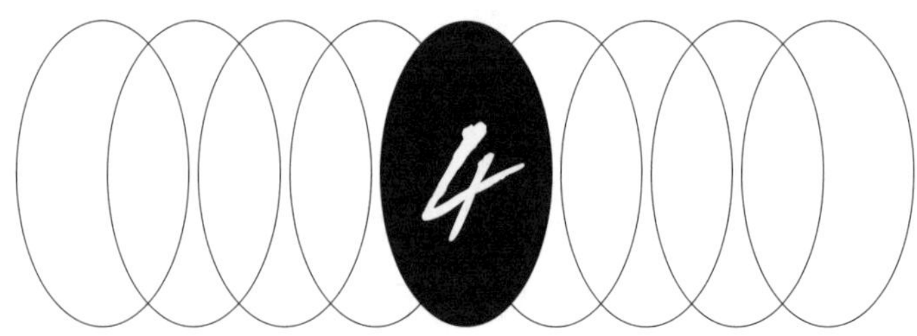

장례식장에 도착했을 땐 오후 5시를 조금 넘어선 때였다. 벌써 어둑어둑해지는 걸 보니 겨울이 된 것이 실감되었다. 병학은 급하게 산 양복바지를 입고 장례식장 로비로 걸어 들어갔다. 싸구려 양복이라 걸을 때마다 가랑이가 쓸렸다.

예정에 없던 장례식장을 찾는 건 여러모로 번거로운 점이 많았다. 수수료가 안 드는 현금인출기를 찾아 온 동네를 헤매야 했고, 저녁 시간이 애매하게 겹쳐 주차 자리도 찾기 어려웠다. 주차장을 몇 바퀴나 뱅글뱅글 돈 후에야 겨우 빈 주차 자리를 발견할 수 있었다.

그래도 이런 소소한 불편쯤은 문제가 아니었다. 병학

은 긍정적으로 받아들이기로 했다. 오히려 이곳에 와서 찜찜함을 털어낼 수 있다는 사실이 어찌 보면 고마웠다. 안에 들어가서 조폭의 사망 원인만 파악하고 온다면, 더 이상 신경 쓸 일도 사라진다. 병학이 스스로 마인드 컨트롤을 하며 안내판으로 걸어갔다.

최기정의 장례식은 2층이었다. 계단을 오르며 상황을 정리해보았다. 일단 상주인 최가영과는 마주치지 않는 편이 좋다. 만난 적이 없어 서로 모르는 사이긴 했지만, 동생의 여자 친구라면 분명 병학을 알아볼 가능성이 컸다. 병학이 장례식장에 왔다는 사실이 동생 귀에라도 들어간다면 상황이 어색해질 수 있었다. 걸리지 않는 것이 중요했다.

그래서 병학은 조문을 건너뛰고 바로 식사 자리로 들어가려는 야심찬 동선을 구상했다. 가서 이야기만 듣고 와도 오늘의 목적을 달성할 수 있다고 생각했다.

그런데 2층에 도착한 순간, 그것이 얼마나 터무니없는 계획이었는지를 바로 알아차렸다. 조금 전에 만난 노인이 유명한 조폭이라고 지칭했던 것이 기억났다. 그리고 병학은 유명하다는 말의 의미를 두 눈으로 깨달았다.

으리으리한 화환이 줄을 지어 장례식장 입구를 호위하고 있었다. 입구를 지키는 사람만 수십 명이었다. 덩치 큰 남자들이 일렬로 서서 병학을 맞이했다. 조문하는 곳까지 길이 이어져 몰래 빠져나가기도 불가능했다.

눈치를 보며 걷다 보니 어느새 방명록을 쓰는 곳까지

당도했다. 병학은 일단 상자에 부조금을 넣었다. 그리고 방명록만이라도 지나치려는데, 그것마저도 처참히 실패했다. 삼베 완장을 차고 있는 남자에게 붙잡힌 것이다. 병학은 그가 시키는 대로 펜을 집어 들었다. 방명록에 다른 이름을 써야 할까 고민했다. 병윤의 형이라는 걸 드러내지 않는 것이 현명할까?

"병윤이 형이세요?"

고민이 무색하게도 삼베 완장을 찬 남자가 물었다.

"네?"

"맞으시죠? 얼굴이 똑같으시네요."

이미 부인할 수 있는 상황이 아니었다.

"네, 맞습니다."

병학은 애써 당황스러움을 감췄다. 모르는 사람도 알아볼 정도로 닮았다니, 형제의 피가 새삼 대단하다는 걸 깨달았다.

"와주셔서 감사합니다."

"아닙니다. 그런데 병윤이를 어떻게 아시는지 여쭤봐도 될까요?"

완장을 찬 남자는 조폭의 무리로 보였다. 그가 동생을 알고 있다는 것이 의아하기만 했다.

"잘 알죠. 매주 형님 집에 왔거든요. 병윤이가 형님이랑 항상 같이 술을 마셨으니까요."

"형님이라면 돌아가신……."

"네. 형님이 병윤이를 참 아끼셨는데, 하."

남자가 한숨을 쉬었다. 그는 팔에 걸린 삼베 완장의 무게를 알고 있는지 적절한 순간에 한숨을 섞어주었다.

"고인께서 병윤이랑 사이가 좋으셨나요?"

"저번 주까지만 해도 형님이랑 단둘이 안동 여행도 다녀왔죠. 그때까지만 해도 멀쩡하셨는데 이렇게 갑작스럽게 일이 벌어질 줄, 참."

단순히 아는 사이를 넘어서 동생은 조폭과 친분을 유지하고 있었다. 사실을 들을수록 의아함이 커져만 갔다. 동생이 왜 조폭과 관계를 맺은 건지 가늠이 안 되었다.

"힘내십시오."

병학이 예의상 말을 건넸다.

"예, 감사합니다. 병윤이도 많이 놀랐죠? 안동 이후로 본 적이 없는 것 같네요." 그런데 남자가 갑자기 심각한 표정을 지으며 병학의 팔을 붙잡았다. "그러고 보니 병윤이는 괜찮나요?"

"병윤이요?"

병학은 질문의 의도를 몰라 눈치를 살폈다. 잘못 말해서는 안 될 분위기였다.

"예. 서울에 급한 일이 터졌다고 오늘 못 온다고 하던데요." 남자는 이상하다는 눈초리를 했다. "장례 마지막 날 겨우 올 수 있다면서요. 심각한 일이 아닌가요?"

"아! 네! 그거, 맞아요." 병학이 대충 말을 지어냈다.

"심각한 일이죠. 어머니가 갑자기 다치셔서 다리를 못 쓰시는 바람에……, 병윤이가 지금 고생 중입니다. 오늘은 제가 대신해서 들렀습니다."

"그랬습니까? 그쪽도 문제가 많군요. 빨리 쾌차하시길 바랍니다."

남자가 고개를 숙이며 예의를 갖추었다.

병학도 따라 인사를 했다. 문득 뒤를 확인하니 어느새 줄이 늘어서 있었다. 한결같이 조폭의 차림새를 한 조문객들이 일렬로 정렬해 기다리는 중이었다.

"그럼 저는 이만 들어가겠습니다."

"시간 내 와주셔서 감사합니다."

완장을 찬 남자가 병학을 안으로 안내했다.

"아닙니다. 무조건 참석해야죠."

병학은 그 손이 가리키는 곳으로 발길을 옮겼다. 복도를 지나야 조문 장소에 도달할 수 있었다. 병학이 복도를 따라 걸으며 긴장한 어깨를 풀어보았다. 장례식장 분위기에 압도당한 것 같았다. 어디 가서 꿀리지 않는 덩치를 가진 병학도 검은 남자들의 행렬에는 기가 죽고 말았다.

그래도 한 가지 사실을 확인했으니 수확이 있었다. 동생이 최기정을 죽인 것이 아니다. 만약 동생이 범인이었다면 조폭들이 그를 살뜰히 챙길 리 없다. 그걸 확인한 것만으로도 병학은 장례식장에 온 보람을 느꼈다.

복도 옆 모니터를 힐끔 쳐다봤다. 상주 이름이 표시되

어 있었다. 최가영, 단 한 명의 이름만이 올라와 있다. 안으로 들어가면 최가영이 서 있을 텐데 어떻게 그녀를 대해야 할지 고민이 됐다. 병학은 우선 얼굴을 살짝 가리면서 조문 장소로 들어갔다.

다행스럽게도 상주석에는 남자들만 서 있었다. 병학은 우선 분향부터 했다. 향을 피우고 고인의 얼굴을 마주했다. 영정 사진 속의 최기정은 조폭과는 어울리지 않는 선한 인상을 가진 아저씨였다. 동네 자전거 가게의 주인과도 같은 푸근함을 풍겼다.

'얼굴만 봐서는 속을 모른다더니.'

최기정을 향해 절을 두 번 했다. 다음으로는 상주석에 있는 남자를 바라보고 절을 했다. 그가 최기정과 닮지 않은 걸 보니 친척 같지는 않았다. 분위기로 볼 때 부하의 느낌 이었다. 그렇게 예의상 몇 마디의 말을 주고받고는 조문을 마쳤다.

뒤로 돌아 걸어 나가는데 옆에 쪽방 문이 보였다. 아 마 진짜 상주인 최가영이 안에서 쉬고 있을 것이다. 병학은 마주치지 않게 조심하며 발걸음을 서둘렀다.

그리고 그 순간 쪽방 문이 살포시 열렸다. 문을 연 것 은 젊은 여자의 손이었다. 병학은 혹시나 최가영이 나올까 긴장했지만, 다행히 문만 잠깐 열렸다가 바로 닫혔다. 누군 가 문틈으로 밖의 상황을 확인한 것 같았다.

문을 열고 바라보았을 방향을 쳐다보았다. 가영이 봤

을지도 모르는 곳엔 장례식장 입구가 있었다. 병학도 다시 한번 입구를 살폈다. 평범한 장례식장의 모습이었지만 굳이 한 가지 특이한 점을 꼽자면, 주변과 어울리지 않는 여자가 서 있다는 것이다. 유도 선수처럼 보이는 여자는 검은 가죽 재킷을 입고 있었다. 주변 조폭들이 그녀를 경계하는 걸 봐서는 형사로 짐작됐다.

'형사가 와 있다.'

상황을 다시 헤아려보았다.

살인이 아닌 사망 사건에도 형사는 왔다. 사람이 죽으면 무조건 형사가 와서 확인을 해야 했다. 그것이 형사의 본분이기도 했다. 왜 입구를 지키고 서 있는지는 모르겠지만, 그다지 특이한 일은 아니라고 여겨졌다. 조폭이 죽었으니 어찌 보면 형사가 지키는 것이 당연하다.

그보다 더 특이한 일은 병학이 식사를 하러 들어갔을 때 벌어졌다. 병학은 눈치껏 질문을 하려고 마음을 먹고 있었다. 조폭의 사망 원인이 무엇인지 제대로 들을 계획을 세운 것이다.

그런데 식사 자리에 도착하니, 좌우로 각을 잡고 서 있는 조폭들이 병학을 향해 아는 척을 해왔다. "병윤이 형이래." 그런 수군거림도 느껴졌다. 인생에서 오늘처럼 특이한 날이 없었다. 수십 명의 조폭들이 병학을 지켜봤고, 어디로 걸어가든 그를 관찰했다. 몇 명은 병학에게 고개를 숙여 인사하기도 했다. 이런 분위기에서 "당신네 형님은 왜 돌아가셨죠? 주사를 맞지는 않았나요?" 같은 질문을 하는 건 불가능에 가까웠다.

병학은 계획은 포기하고 자리부터 잡았다. 어디에 앉을지 갈피를 잡지 못하다가, 최대한 열띤 이야기를 하고 있는 무리 옆에 착석했다. 물어보지는 못해도, 뭐라도 엿들을 심보였다. 앉자마자 도우미가 육개장을 내왔다.

"감사합니다."

병학이 일회용 숟가락을 하나 뜯었다. 먹는 둥 마는 둥 고개를 숙이고 앉아 귀를 열었다.

"이렇게 갈 줄 어떻게 알았겠냐. 돈 다 소용없어. 건강 관리나 해야 돼."

"관리는 기정이가 제일 잘했다."

대화를 나누는 사람들은 모두 최기정과 비슷한 또래였다. 그럼에도 조폭을 편하게 부를 수 있는 걸 보니 친구 사이 같았다.

"관리는 개뿔, 어떻게 관리를 했길래 저리 가?"

"맨날 간암 걱정만 하더니, 그사이에 머리 걱정은 왜 안 했대? 미련한 놈."

한 아줌마가 비아냥거리며 대화에 끼어들었다.

머리 걱정을 안 했다는 걸 보니 머리에 문제가 있던 걸까? 병학은 자세히 듣기 위해 몸을 기울였다.

"원래 50 넘으면 뇌가 굳어버리는 거야. 그러니까 너네도 조심하라고."

특히나 뇌에 문제가 있었던 걸로 추정되었다.

"그게 뇌가 굳어서 그런 거냐? 무식해도 정도가 있지."

"그럼 왜 쓰러지겠어?"

중요한 대화가 이어지는 중이었다. 병학이 더욱 귀를 쫑긋 세웠다.

"너네 싹 다 죽을 줄 알아!"

그런데 귀를 때린 건 사람들의 대화가 아니라 남자의 고성이었다. 주변을 살피니 노숙자 같아 보이는 사람이 술에 취해 난동을 부리고 있었다.

병학은 자리를 옮겨 다시 대화 엿듣기를 시도했다. 아줌마가 이어서 말했다.

"나도 슬프다는 말이었어. 허무하니까 그렇지 허무하니까. 그렇게 평생 운동만 하면서 몸 챙기던 놈이 어떻게 갑자기 쓰러지냐고."

"그러게 말이다, 쯧."

"의사도 그래. 설명은 참 쉬워. 급성이라고 둘러대면 끝이야."

급성이라는 발언을 종합해볼 때, 뇌에 급성으로 병이 온 상황 같았다.

동생이 그런 일을 할 수 있을까? 병학은 여러 가지 경우의 수를 떠올렸다. 그가 아는 한 의사라도 급성으로 뇌에 병이 오게 하지 못한다. 심지어 방법이 있더라도 동생의 나이는 고작 스물여섯이다. 젊은 대학생이 의사도 못 하는 걸

할 리 없다. 역시 동생의 편지는 허세 그 이상도 이하도 아니었다.

그렇게 고심을 하며 대화를 엿듣고 있는데, 난동을 부린 노숙자가 술병을 들고 병학 앞에 나타났다.

"거 쪽도 당했쇼?"

"저요?"

병학이 어리둥절하여 눈만 껌뻑였다.

그러자 노숙자는 테이블에 술병을 내려놓더니 앞자리에 턱하니 앉았다.

"그럼 여기 누가 있어? 거 쪽도 저놈한테 당했냐고."

"죄송하지만 사람을 잘못 보신 것 같은데요.

"내가 절대 잘못 볼 인간이 아니야. 거 쪽이 혼자 궁상시럽게 있는 걸 보니까 딱 각이 나와."

노숙자는 술을 꽤나 많이 마신 것 같았다. 눈이 풀리고 코가 빨개져서는 술 냄새를 왕창 풍겼다. 혼잣말만 주절대는 것이 더 이상 대화를 이어가는 의미가 없었다.

"아저씨, 술 적당히 드세요."

병학이 옆 테이블로 옮겼다. 다시 사람들의 말을 엿듣기 위해서였다.

그렇지만 노숙자는 병학을 쉽게 놓아주지 않았다. 함께 테이블을 옮기더니 코앞에서 소리를 질렀다.

"너도 당했냐고? 어? 내가 묻잖아! 내가! 내가 너무 억울해서 그래."

"뭐가 그리 억울하세요?"

병학은 예의상 말을 받아주었다. 그런데 노숙자가 옳다구나 주정을 하기 시작했다.

"억울하지 그럼! 죄를 저질렀으면 어떻게 해야겠어? 어?"

"네?"

"사람이 죄를 저지르면 어떻게 해야 하나고?"

"벌을 받아야죠."

"그렇지! 처벌을 받아야지. 합당한! 처벌을 받아야 해. 도망간다고 끝이 아니라고."

노숙자는 분명 병학을 쳐다보고 말했다. 그렇지만 병학한테 하는 말 같지 않았다. 주위에 서 있는 조폭들에게 들으라는 듯이 소리를 쳤다. 술에 취한 걸 감안하더라도 목소리 톤이 과하게 컸다.

뜬금없는 호통에 조폭들은 얼굴을 잔뜩 구겼지만 아무도 노숙자를 말리지는 않았다. 이 정도로 장례식장의 체통을 어기는 사람이면 쫓아낼 법도 한데, 그냥 놔두는 게 이상할 정도였다.

"도망가버리면 다냐고!"

노숙자는 이제 병학의 멱살을 잡고 흔들어댔다.

"왜 이러세요."

"내가 여기까지 잡았어. 근데 있잖아."

노숙자가 목에다 손을 긋는 시늉을 했다. 그러고는 멱살을 풀더니 비틀비틀 일어나 허공에 삿대질을 하기 시작했다.

"어떤 자식이 죽였어? 어? 뭘 덮으려고 죽였어? 내가 다 알아! 다 밝혀낼 거야!"

큰 소리가 계속되자 장례식장 입구에 있던 여형사가 달려왔다. 그녀는 노숙자를 말리면서 이야기했다.

"선배, 자꾸 이러시면 안 돼요."

선배라면 노숙자도 형사라는 뜻이다.

"답답해서 그렇지!"

"잠깐 진정하세요."

여형사 덕분에 잠시나마 고성이 잦아들었다. 형사로 추측되는 남자는 한숨을 푹푹 쉬면서 다시 병학 앞에 앉았다. 그가 한숨을 내쉴 때마다 깊은 술 냄새가 전해졌다.

"혹시 형사십니까?"

병학이 조심스럽게 물었다.

"예, 수원 지구 강력반 이학준입니다."

학준이 팔을 쭉 내밀었다. 악수를 청하는 듯했다.

병학도 팔을 뻗어 그의 악수를 받아주었다.

"아까 누가 죽인 거냐고 소리치셨잖아요."

"그랬지."

"그러면 살인이라고 생각하시는 겁니까?"

질문을 하자마자 지켜보고 있던 여형사가 손을 절레절레 흔들었다. 지금 건드리는 게 벌집이라는 걸 알려주는 사람처럼 필사적으로 하지 말라는 시늉을 했다.

"들어보실라우?"

여형사는 안 된다고 입모양으로 외쳤다.

그렇지만 병학은 굳이 거절할 이유가 없었다. 살인을 주장하는 형사라니, 그 이야기를 들으러 수원까지 온 것이었다.

"말씀해보세요."

병학의 결단에 여형사가 학을 떼며 자리를 떴다. 자기는 책임지지 않겠다는 듯이 고개를 흔들며 사라졌다.

"시간은 많으쇼?"

"네, 걱정 마시고 말씀하세요."

"보쇼." 학준이 침을 크게 삼키더니 말을 시작했다. "내가 최기정을 8년을 쫓았어. 저 녀석 범죄를 늘어놓으면 말하느라 숨을 못 쉬어서 죽을 정도야."

"어떤 죄를 지었는데요?"

사진으로 본 최기정은 선한 사람이었다. 얼굴만 보면 무슨 죄를 짓고 다녔는지 상상이 되지 않았다.

"먼저 살인, 데려가서 바다에 빠트리고, 산에 묻어버리고. 마약, 저놈이 농장 창고에서 대마를 키웠어. 그리고 폭력, 이게 아주 악질이야. 저놈은 꼭 약한 놈만 죽여. 죄 없는 상가 찾아가서 1만 원을 빌려주고 3만 원을 안 갚았다고 패는 식이지.

그런데 골 때리는 게 뭔 줄 알아? 내가 아무리 피해자를 찾아다녀도 한 명도 없는 거야. 왜냐? 저놈은 말을 하면 그냥 처리해버려. 그래서 저놈의 피해자는 이미 죽은 놈이거나 말하면 죽을 놈이야. 누가 말을 하겠냐고.”

병학이 고개를 끄덕였다. 학준은 계속 말을 이었다.

“근데! 내가 저놈을 쫓다가 딱 찾아낸 거야!”

“뭘 찾으셨는데요?”

“저 녀석 양복.” 학준은 주먹을 불끈 쥐었다. “산에서 시체가 하나 나왔어. 근데 옆에 단추가 하나 떨어져 있네? 그걸 보자마자 이건 최기정이 양복에서 나온 거다 확신했지. 그놈밖에 안 입는 양복이거든.

그래서 내가 사진을 다 뒤졌어. 사건 터진 날 CCTV를 확보해서 전체 구역을 다 봤어. 그리고 찾아냈어, 내가, 양복 단추가 하나 없는 최기정이 모습을. 아침엔 분명 멀쩡하게 집에서 나섰는데 차를 타고 나갔다 오니까 단추가 없어진 거야. 살인 현장에 남아 있는 똑같은 단추가! 이보다 더한 증거가 없는 거지.

이제 이건 기소만 하면 됐어. 내가 드디어 이놈을 잡는구나, 하고 있었어. 그런데 최기정이 딱 죽어버렸네? 그것도 어느 날 갑자기 디졌다네. 내가 기소하려는 걸 어떻게 알았는지 디져부렀어. 내가 오죽하면 다른 똘마니가 대신 죽은 줄 알았어. 근데 시체가 그놈이야. 그 얼굴이야.”

학준은 소주 뚜껑을 까더니 병째로 입에 털어넣었다. 그리고 한동안 뒷말을 잇지 못했다. 그의 허탈함이 병학에게까지 전해질 정도였다.

"내가 그래서 그쪽한텐 미안하게 됐수다."

갑자기 학준이 뜬금없는 사과를 건넸다.

"저한테는 왜……."

"그놈한테 당한 피해자들만 만나면 내가 고개를 들 수가 없어. 범죄를 저지른 놈을 잡아가는 게 우리 일인데."

아마도 병학을 피해자로 오인한 듯했다.

"괜찮습니다."

병학은 굳이 정정하지 않았다. 해도 못 알아들을 것 같은 엄청난 술 냄새가 코를 찔렀기 때문이었다.

"정말 면목이 없어. 내가 처음 형사가 될 때만 해도 잘못한 놈을 잡는 게 이렇게 어려울 줄 몰랐다고."

"그럴 수 있죠."

병학은 술을 따라주며 학준의 한탄을 받아주었다.

"진짜로 면목이 없어."

"괜찮습니다. 정말로요."

그러기를 한참 후, 여형사가 다시 테이블로 돌아왔다. 병학을 향해 고생했다는 표정을 지었다.

"선배, 이제 가시죠."

여형사가 학준을 부축해 일으켰다.

"어딜 가?"

"이제 경찰서로 돌아가야죠."

"왜 가? 살인이 밝혀지지도 않았는데 어딜 가!"

학준은 취기가 올라왔는지 목소리 크기를 조절하지

못했다.

"이미 살인이 아니라고 밝혀졌잖아요."

여형사는 조곤조곤한 말투로 설득했다.

"어디 나와? 뭐가 나와?"

"사망 진단서 다 보셨잖아요."

"그 의사 말을 어떻게 믿냐?"

여형사가 학준의 팔을 붙잡더니 끌고 가려고 시도했다. 하지만 쉽게 들리지 않았다. 그녀는 병학에게 도와달라고 눈짓을 했다. 그래서 병학도 일어나 학준의 반대쪽 팔을 부축했다.

"의사를 안 믿으면 어찌해요."

"부검을 해봐야 한다니까! 의사 혼자서 대충 쓰는 진단서를 믿으면 안 된다고."

"선배, 정신 좀 차려요."

병학은 말없이 힘을 보탰다. 열심히 학준을 끌어낸 결과, 조금씩 주정뱅이를 밖으로 유도할 수 있었다.

"부검을 해봐야 한다고!"

학준은 가기 싫은지 다리를 들고 대롱대롱 병학에게 매달렸다. 형사는 형사인지라 매달리는 힘이 엄청났다. 덩치가 좋은 병학도 버티기 힘들 정도였다. 그래도 최선을 다해 힘을 보탰다.

"유가족들이 거절했어요. 이제 그냥 보내주자고요."

"거절한다고 되는 거야? 그 자식 목 뒤에 주사 자국 봤잖아. 누가 주사기로 찔러 죽인 거라니까!"

순간 병학의 손에 힘이 풀렸다. 학준을 놓치는 바람에 세 명이 동시에 휘청거렸다.

"그게 무슨 소리죠?"

병학이 여형사에게 물었다.

"별말 아니에요."

"누가 주사기를 이용해 살인을 한 건가요?"

"……."

여형사는 곤란하다는 표정이었다.

"정말로 살인이 맞는 건가요?"

재차 질문을 하자 여형사가 단호하게 대답했다.

"아니요. 사망 맞습니다. 사인은 급성 뇌출혈이고, 살인에 관한 아무 증거도 발견되지 않았습니다."

"주사 자국은요? 시체에 주사 자국이 있나요?"

"맞다니까! 주사!"

학준이 대화에 끼어들었다.

"선배, 이제 그만 좀 해요. 가서 일해야죠."

"주사가 확실한가요?"

병학이 집요하게 물었지만 여형사는 정신이 없는지 대답을 피했다. 대신 조폭들을 향해 도움을 청했다.

"잠시만 들어주실래요?"

그녀의 지시에 조폭들이 학준을 에워쌌다. 그리고 힘을 합해 학준을 밖으로 옮기기 시작했다.

그사이 병학은 슬금슬금 뒷걸음질을 했다. 구석으로 가서 휴대폰을 열고 동생의 편지를 다시 확인했다. 이제는 사실이 된 내용들이 빼곡하게 적혀 있었다. 최가영의 아버지에게 주사를 놓았다. 언제 죽을지는 모르지만 죽는다. 형사가 와도 걱정할 필요가 없다.

여기까지는 예언이 맞아떨어졌다. 남은 것은 마지막 문단이었다. 다음은 형이라는 것, 형에게 주사를 놓는다는 것. 이 부분만 실현되면 편지의 모든 내용이 사실이 됐다.

벌떼가 휩쓸고 지나간 것처럼 귓가가 앵앵거렸다. 어디서 들려오는지 모르겠는 잡음에 정신을 차릴 수가 없었다. 병학이 경고를 무시하고 벌집을 건드린 대가였다. 그 와중에 형사들의 목소리만은 뚜렷하게 들려왔다.

"주사 자국을 보라고!"

"이상한 고집 좀 내려놔요. 막말로 주사로 죽였으면 왜 아무것도 안 나와요? 도대체 뭘 넣으면 수사에도 안 걸리고 사람을 죽일 수 있어요?"

병학도 그 말에 동의했다. 어떻게 형사에게 안 걸리겠는가. 그런 게 가능할 리 없다. 뭘 주입하면……, 그때 병학은 아이스박스에 있던 노란 액체를 떠올렸다. 반쯤 남은 액체는 이미 사용한 것처럼 보였다.

'뭘 주입했길래…….'

병학이 입술을 물어뜯었다.

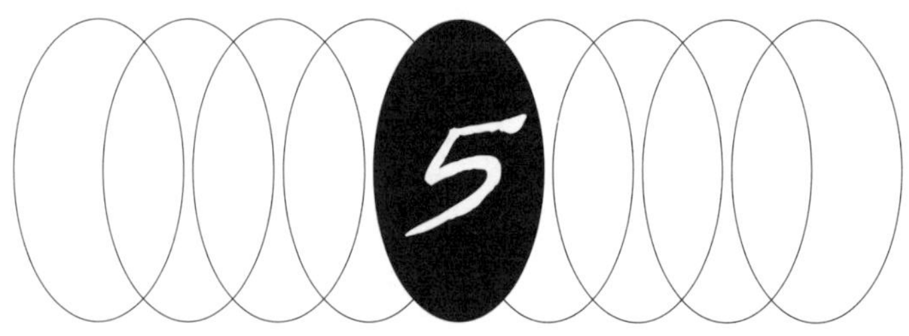

집으로 돌아오니 완연한 밤이 되어 있었다. 눈이 그치고 난 뒤 맑게 갠 하늘에는 밝은 상현달이 떠올랐다. 구름한 점 없어 작은 별까지도 자신의 존재를 내뿜는 밤이었다. 병학은 노란 가로등 불빛을 지나쳤다. 집으로 들어가는 입구도 지나쳤다. 그가 향한 곳은 빌라 단지에 있는 쓰레기장이었다.

아침에 동생이 플라스틱 수거함을 뒤적거리던 것이 생각났다. 일반 쓰레기는 오늘 수거해 갔지만, 분리수거는 월요일이었다. 운이 좋으면 동생이 버린 주사기를 회수할 수 있지 않을까 희망했다.

병학은 지나다니는 사람이 없는 것을 확인하고는 쓰

레기통을 뒤지기 시작했다. 혹시나 주사기를 페트병 안에 숨겨놓았을까 봐 모든 통을 하나하나 꼼꼼히 확인했다. 그러면서도 틈틈이 고개를 들고 주변을 살폈다. 주민들의 눈치가 보이기도 했지만, 엄마한테 걸리고 싶지 않았기 때문이었다. 쓰레기를 뒤지는 모습을 들킨다면 엄마는 또 호들갑을 떨며 걱정할 것이 뻔했다. 병학이 경계를 유지한 채로 작업을 이어나갔다.

모든 플라스틱 쓰레기를 흔들며 확인했지만 빈 주사기로 보이는 물건은 발견되지 않았다. 혹시나 하는 마음에 캔과 비닐류까지 들쑤셨는데도 주사기는 없었다. 이미 찾을 수 없는 증거가 되어버린 것인가. 병학은 미련을 버리지 못하고 분리수거함 주위를 서성였다.

"병학아!"

그때 엄마가 카디건만 걸친 차림으로 쓰레기장을 향해 뛰어왔다. 오른 다리를 절뚝이면서도 속도를 늦추지 않았다.

"길이 미끄러우니까 뛰지 마세요."

"괜찮니? 너 정신이 들어?"

엄마가 달려와 병학의 두 눈을 확인했다.

"정신이야 항상 차리고 있죠."

"위에서 보고 걱정했잖니." 엄마는 안도의 한숨을 내쉬었다. "나는 또 네가 몽유병 증상이라도 도졌나 했어."

"몽유병이 언제 적 이야기예요."

병학이 웃었다. 어린 시절 잠버릇이 고약하던 때가 있었다. 벌써 10년도 더 지난 일이었지만 엄마의 기억 속엔 엊그제같이 생생한 듯했다.

"그럼 왜 쓰레기를 뒤지고 있었어?"

"찾을 게 있어서요."

"여기서 뭘 찾을 게 있다고?"

"아무것도 아니에요."

병학은 일부러 밝은 표정을 지었다. 엄마가 걱정을 하는 상황만큼은 막고 싶었다.

"수원은 잘 다녀왔니?"

"그럼요. 아무런 문제없더라고요."

"문제가 없다는 게 무슨 말이야? 그 사람 주사를 맞은 적이 없대?"

엄마에게 어디까지 말을 해야 할지 고민했다. 일단 주사 이야기는 하지 않는 편이 확실히 좋았다. 그리고 사건이 형사 손을 떠나 끝났다는 말을 강조할 필요가 있었다.

"네. 그리고 그냥 사망 사건으로 처리가 끝났어요."

그런데 병학의 말을 들은 엄마가 질색을 했다.

"사망이라니? 누가 죽었어?"

그제야 말실수를 했다는 것을 깨달았다. 장례식장에 다녀와서 주사와 살인에 너무 관심을 두고 있었다. 엄마는 조폭이 사망한 것 자체도 아직 알지 못했었다.

"아, 그게 말이에요."

“편지대로 주사를 맞았다는 사람이 죽은 거니?”

“그게…….”

병학은 대답할 말을 찾지 못하고 얼버무렸다.

“주사는 맞았던 거야? 나한테는 솔직히 말해봐.”

“주사 같은 건 없었어요. 시체에도 아무 흔적 없이 멀쩡하대요.”

병학이 거짓을 고했다.

“시체라니. 어딜 다녀온 거야? 정말 시체가 있어?”

“그게……, 장례식장에 다녀왔어요. 형사랑도 이야기를 했는데 절대 살인이 아니고, 주사 같은 것도 없고, 그냥 병으로 돌아가셨대요. 어쩌다 병윤이 편지랑 우연히 겹쳤나 봐요.”

병학은 차분한 목소리로 엄마를 진정시키려 노력했다.

“정말 죽었단 말이지.”

엄마의 안색은 점점 창백하게 변했다. 이제는 경악하는 표정으로 입을 딱 벌리고 있었다.

“제가 알아보고 왔는데 병윤이랑은 아무 관련도 없더라고요. 그러니까 걱정 안 하셔도 돼요.”

“사실이었어…….”

엄마의 눈이 불안하게 흔들렸다.

“사실이 아니었다니까요. 편지 내용이랑은 상황이 전혀 달랐어요.”

엄마가 고개를 젓더니 병학을 빤히 쳐다보았다. 그리

고 이제야 차마 못 했던 이야기를 털어놓았다.

"아침에 병윤이가 했던 말이 있어."

"뭐라고 했는데요?"

"병윤이가……, 아무한테도 걸리지 않고 사람을 죽일 수 있는 약이 있다고 했어. 절대 형사한테도 들키지 않을 거라고 했어."

정말 그런 약이 존재한다는 말인가? 노란 액체가 무엇이길래. 아니, 무엇이건 그게 가능할 리가 없다.

"그게 무슨 약이래요?"

"그것까진 말을 안 했어."

"잠시만요. 병윤이가 정확히 뭐라고 한 거예요?"

"자기가 어제 주사를 놨는데 그 사람이 죽었댔어. 자기가 죽인 거래. 그래서 증거를 없애야 한다고……."

"그것뿐이에요?"

"그리고 절대 걸리지 않는 약이니까 걱정할 필요는 없다고 했어."

병학은 상황을 종합해보았다.

동생이 어제 썼던 편지엔 사람이 죽었다는 말은 나오지 않았다. 어제는 죽었다는 걸 몰랐다는 뜻일까? 오늘 아침이 되어서야 사망 소식을 전해 들었고 증거를 없애기 위해 밖으로 나간 거라면, 모든 상황이 들어맞았다.

그렇다면 지금에서야 쓰레기통을 뒤지는 것은 전혀 소용이 없다. 살인 증거를 없애려는 사람이 허술하게 주사기를 쓰레기통 속에 놔두지는 않았을 것이다. 당장 쓰레기를 수거하는 지역까지 찾아가서라도 증거를 처리했을 것이 분명했다.

정말 동생이 살인을 했다. 형사한테 걸리지 않을 방법으로 살인을 했다.

"이제 널 죽일 거야."

엄마의 손이 덜덜 떨렸다.

"아니에요, 설마요. 절 왜 죽이겠어요."

아무렇지 않은 듯이 말은 했지만 병학의 마음도 떨려왔다.

"병윤이는 한다면 하는 애잖니. 이 일을 어쩌니."

"추우니까 일단 집으로 들어가요."

"내가 계속 병윤이를 감시할게." 엄마는 병학의 두 손을 맞잡았다. "하지만 걸리지 않게 죽인다는데 어떻게 감시하면 좋아."

엄마가 병학의 품 안으로 와르르 무너졌다.

"너무 걱정 마세요. 걸리지 않는 게 어디 있겠어요? 형사는 속여도 가족은 못 속이죠."

"그렇겠지?"

"네, 뭐가 됐건 제가 막을 수 있을 테니까 너무 걱정하지 말아요."

"그래도……."

"괜찮을 거예요. 병윤이잖아요."

병학은 엄마를 다독였다. 그도 당황한 건 사실이었다. 그렇지만 어쨌거나 상대는 남동생이었고, 언제든지 마음만 먹으면 막을 수 있다는 믿음이 있었다. 또한 동생이 굳이 병학에게 해를 가할 이유도 없다. 병학은 별일이야 있겠냐는 막연한 희망에 기대며, 집으로 올라왔다.

집에 와서 제일 먼저 한 일은 가계부를 정리하는 것이었다. 병학이 열심히 계산기를 두드렸다. 오늘 렌터카를 대여하느라 10만 원을 썼다. 경차를 6시간 빌렸을 뿐인데 반납이 늦는 바람에 벌금이 컸다. 또 장례식장에서 부조금으로 10만 원을 냈다. 예상치 못하게 2주치 용돈이 날아가 버렸다. 아직 1월이 많이 남았건만 잔고는 벌써 바닥을 찍었다.

"어차피 죽을지도 모르는 거 대출이나 당겨볼까요?"

병학은 농담을 던졌다.

"……."

엄마가 대답 없이 병학의 등짝을 후려쳤다.

"누가 서른다섯에 엄마한테 맞아요."

"이 심각한 상황에 그런 우스갯소리가 나와?"

"그냥 해본 말이죠."

병학도 심각하게 느끼고 있기는 마찬가지였다. 그렇지만 남동생에 대한 기본적인 신뢰가 있었다.

"에휴."

엄마가 미간을 찌푸렸다. 미간의 골이 아침보다 깊었다. 그만큼 걱정도 깊어졌다는 걸 알 수 있었다.

그럴수록 병학은 일상적인 말을 건넸다. 오늘 엄마의 하루가 어땠는지를 물었다. 시장에 다녀왔고 딸기가 너무 비싸다는 이야기, 귤 한 박스를 배달시킬까 고민하는 이야기, 장본 게 무거워 절뚝이며 오는데 앞집 쌍둥이들이 도와주었다는 이야기를 했다. 쌍둥이들이 이제 무거운 짐을 번쩍 들 수 있게 되었다고 한다.

"호영이보다 선영이가 힘이 세죠?"

병학도 쌍둥이 이야기에 가세했다.

"선영이가 누나인가?"

"맞아요."

"누나가 힘이 세더라. 저번엔 동생 네발자전거도 번쩍 들어서 계단으로 옮겨줬어."

"언제 컸는지 보다 보면 신기할 정도라니까요. 보행기를 타고 탈출하려던 게 엊그제 같은데 말이에요."

여름에 앞집에서 문을 열어놓으면 보행기를 탄 아기들이 신발장까지 나오곤 했다. 언젠가는 문턱에 걸려 낑낑대는 아기를 병학이 안으로 넣어주었다. 한 명이 들어가면 다른 아기가 나와 다시 넣어주기를 몇 번을 반복했다. 그러다가 병학은 아기들이 못 나오도록 안전문까지 손수 설치해주었다. 어릴 때부터 지켜봐서 그런지 애착이 가는 애들이었다.

“쌍둥이들 너무 귀엽죠.”

“귀엽지.” 엄마는 스리슬쩍 덧붙였다. “너도 빨리 결혼을 해야 할 텐데.”

“또 그 소리예요?”

엄마와 대화를 하다 보면 항상 마지막은 결혼으로 귀결되었다.

“주위에서 찾아보는 건 어떠니? 교회에 괜찮은 사람 없어?”

“이쯤 되면 포기하세요.”

“교회 권사님한테 한번 물어볼까?”

“엄마, 우리 병윤이 걱정이나 더 할까요? 그 편이 더 효율적인 이야기 같은데요.”

잔소리를 듣는 것보단 걱정을 듣는 게 나을 정도였다.

“말을 말어.” 엄마는 또다시 병학의 등짝을 후려쳤다. “좀 누워 있을 테니까 병윤이 들어오면 불러.”

“알겠어요.”

“혼자 뭐 하려고 하지 말고 꼭 불러.”

엄마가 안방으로 들어갔다. 병학이 거실에 혼자 남아 동생이 오기만을 기다렸다.

어느새 밤 11시도 넘어섰다. 티브이에선 범죄를 되돌아보는 시사 프로그램이 방영되고 있었다. 오늘의 주제는 ‘묻지 마 살인 사건’이었다.

평범한 새벽녘에 남자가 골목을 지나가다 모르는 사람에게 일방적으로 폭행을 당한다. 남자는 결국 사망하고 말았지만, 아무리 수사를 해도 가해자를 찾을 수 없었다. 애초에 접점이 없는 사람이라 범인이 누군지 감조차 잡기 힘들었던 것이다.

경찰은 CCTV를 통해 비슷한 체격의 용의자들을 파악했다. 그러나 다들 적당한 알리바이가 있었고, 모두 자신은 아니라고 주장했다. 용의자들 중 살인의 동기를 가진 사람은 아무도 없었다. 결국 폭행치사 사건은 미궁 속으로 빠져들었다.

병학은 티브이를 보며 동생을 대입해보았다. 방송에 따르면 생각보다 범죄를 부인하는 것이 어렵지 않았다. 안 했다고 회피를 하면 경찰도 어쩔 도리가 없었다. 명확한 증거가 없는 이상 말이다.

병학도 정확히 같은 상황이었다. 노란 액체가 무엇인지, 동생이 정말 사람을 죽인 건지 등등 아무런 증거를 가지고 있지 않았다. 무턱대고 살인을 했냐고 물어보면 아니라고 둘러대면 끝이었다. 조금 더 증거가 될 만한 말부터 이끌어내야 했다. 더불어 진짜 병학을 죽이려는지도 알아내야 했다.

차마 생각이 정리되지 않았을 때 동생이 집으로 들어왔다.

"왔냐?"

동생은 어제와 별반 다르지 않은 모습이었다. 같은 청바지에 같은 패딩을 입고 있었다. 무표정한 얼굴에는 아무 감정도 드러나지 않았다.

"응. 엄마는?"

"기다리다 주무셔."

병윤은 고개를 끄덕이더니 말없이 작은방으로 향했다. 병학이 그런 동생을 붙잡고 물었다.

"잠깐만 이리 와서 앉아봐. 오늘은 어디를 다녀왔냐?"

"왜?"

동생은 의아하다는 표정이었다. 그도 그럴 것이 병학은 동생의 일상에 대해 궁금해한 적이 없었기 때문이었다. 원래 형제 관계란 그런 것이었다.

"그냥 궁금하니까."

병학이 대충 둘러댔다.

"별일도 다 있네."

"그래서 어디 다녀왔어?"

"서울 온 김에 고등학교 친구들 좀 만났어."

동생의 대답이 사실인지 의구심이 몰려왔다. 그렇지만 거짓말이라기엔 이상한 점이 없었다. 동생은 너무나 안정된 얼굴이었고, 침착한 모습이었다. 살인의 증거를 없애고 온 사람 같지 않았다.

"누구 만났는데?"

"말해도 모르잖아."

병학이 알던 그대로의 무뚝뚝한 동생이었다. 이상한 점이 없어서 이상했다. 살인까지는 아니더라도 오늘 조폭이 죽은 것만은 확실했다. 병윤을 아껴주었던 사람이 죽었는데, 이토록 감정 변화가 없이 침착할 수 있을까? 단둘이 여행을 갈 정도로 꽤나 가까운 사이였을 텐데 말이다.

병학은 고민을 하다가 다른 질문을 던졌다.

"그럼 너 여자 친구는 있냐?"

있다고 대답하면 동거에 대해 물어보려고 했다.

"없어."

그런데 동생이 뻔뻔하게 거짓말을 내뱉었다. 얼굴색 하나 변하지 않은 당당한 태도였다.

"아직 들어가지 말아봐."

병학이 들어가려던 동생을 다시 붙잡았다.

"왜 자꾸 불러?"

"잠깐만 대화 좀 하자."

"평생 안 하던 짓을 하고 그래."

병학은 포기하지 않고 알아낼 방법을 고심했다. 지금 제일 중요한 것은 노란 액체가 무엇인지에 관한 것이었다. 그래서 동생을 거실에 억지로 앉혀두고 본격적으로 질문을 했다.

"어제 냉장고를 보니까 아이스박스가 하나 있던데, 그거는 뭔데 집으로 가져온 거야?"

"그냥 실험하고 남은 쓰레기들이야."

동생은 티브이에 시선을 고정한 채로 대답했다.

"쓰레기를 왜 챙겨 왔어?"

병학이 물고 늘어졌다. 조금이라도 수확이 있기를 바랐다. 노란 액체의 정체에 대한 감이라도 잡을 수 있기를 기대했다.

"쓰레기인지 모르고 잘못 가져왔어."

동생은 이미 대답을 연습했던 사람처럼 머뭇거림 없이 말했다.

"어떤 실험을 했길래 쓰레기가 남았는데?"

"그냥 만날 하는 실험이지."

"대학생이 무슨 실험을 하냐?"

"나 실험실 들어갔잖아. 이제 곧 대학원생이야. 학교에 있는 돼지 농장에서 연구를 하고 있어."

동생은 슬슬 귀찮은 얼굴이었다. 그렇지만 병학은 질문을 멈추지 않았다. 아직 아무런 실마리도 얻지 못했다.

"돼지 병을 고쳐주는 연구를 하는 거야?"

"아니, 나 이제 농대 축산 쪽으로 옮겨서 병을 고치는 연구는 안 해."

"그러면 뭘 배우는데?"

"어떻게 하면 잘 죽일까를 배워." 동생의 목소리엔 아무런 억양이 없었다. "수의대에서 동물을 살리는 걸 배웠으면, 여기서는 어떻게 하면 맛있게 죽일까를 배워. 최대한 깨끗하게 죽여서 사람들한테 해가 안 가게 하는 거지."

그런 동생을 바라보고 있는 병학의 팔에 문득 소름이 돋았다.

아무리 동물이지만 죽음에 대해 저 정도로 차갑게 말할 수 있다는 사실이 놀라웠다. 동생은 잘 죽이는 법을 배우고 있다. 돼지를 잡듯이 사람도 죽였던 걸까?

"형은 오늘 어디 갔다가 왔어? 아까 점심에 보니까 집에 없더라."

이번엔 동생이 역으로 질문했다.

"나도 친구를 만나고 왔다."

병학은 일단 아무 말이나 둘러댔다.

"누구?"

어떤 대답을 할까 고민하다가 오늘 만났던 학준을 떠올렸다.

"내 친구 중에 형사가 된 애가 있는데, 오랜만에 그 친구를 만났어."

형사라는 단어에도 동생이 긴장한 기색은 보이지 않았다. 떨림을 숨기는 건지 생각이 없는 건지 파악이 불가능했다. 동생은 그저 티브이만 쳐다볼 뿐이었다.

"그런데 걔가 그런 말을 하더라고. 범죄를 저지르면 무조건 처벌을 받게 되어 있다고."

병학은 동생의 눈치를 살폈다. 살인에 대한 죄책감이 있다면 조금이라도 표정 변화가 있을 것이다. 미세한 움직임도 놓치지 않도록 유심히 관찰했다.

그런데 동생의 반응은 예상 밖이었다.

"뭐야. 그 사람 형사 맞아? 너무 유치한데."

동생이 웃기 시작했다. 눈은 여전히 티브이를 향한 상태였다.

"뭐가 유치해?"

"무슨 동화 같은 이야기야. 어떻게 무조건 처벌을 받아? 당장 여기만 봐도 알 수 있잖아."

동생은 티브이 화면을 가리켰다. 시사 프로그램이 끝나가고 있었다. 아직 잡히지 않은 범인을 공개 수배한다는 전단지가 떴다.

"저 사람 봐봐. 길거리에서 모르는 사람을 때리고 도망갔어. 상대가 죽는 바람에 살인자가 된 거야. 그런데 피해자랑 접점이 없는 사람이라 잡을 수가 없다잖아. CCTV로도 범인이 남자라는 사실밖에 모르고, 수배 전단지도 보면 입이 가려진 몽타주가 최선이야. 저런 그림이면 방송에 나왔대도 평생 잡히지 않을 거야."

동생은 흥분했는지 말이 점점 빨라졌다. 병학에게 말할 틈도 주지 않고 말을 이었다.

"그 형사 말이 맞다면 왜 저런 범인은 잡히지 않아? 사람이 죽을 때까지 폭력을 썼는데 처벌은커녕 뻔히 놓아주잖아. 더 심한 건 저 범인은 자기가 살인자인지도 모르고 살 거라는 거야. 죄책감도 없이 길에서 또다시 시비가 붙으면 주먹을 휘두르면서 다니겠지."

"저 사람도 언젠가는 합당한 벌을 받게 되어 있어."

"정말 그렇게 생각해? 형사라는 친구도 회의적일걸? 못 믿겠으면 다음에 친구 만나면 대신 좀 물어봐줘. 무슨 처벌이냐고, 저러고 돌아다니는데도 잡히지 않는 사람들이 뭐냐고."

동생은 화가 났는지 숨소리가 거칠어졌다. 그러더니 일어나서 자기 방으로 들어가버렸다.

다시 거실에 혼자 남게 된 병학은 황당함에 할 말을 잃었다. 조금 전 동생의 말은 살인에 대한 정당화같이 느껴졌다. 저렇게 안 걸리는 사람이 있으니, 자기도 처벌을 받을 필요가 없다는 뜻일까?

황당하다 못해 동생의 뻔뻔함에 화가 나려고 했다.

동생은 최소한의 양심이 결여된 인간이었다. 죽음을 마주했으면 마음의 가책을 느끼는 게 일반적인 반응이다. 실수였건 고의였건 누군가를 죽였으면 괴로워하는 게 정상이다. 보통 사람이라면 그 죄책감에 스스로를 고통 속으로 몰아넣게 된다. 그런데 동생은 무엇이란 말인가?

잠시 후 동생이 거실을 지나쳐 화장실로 들어갔다. 샤워하는 물소리가 이어졌다.

'너를 완전히 잘못 알고 있었구나.'

착하고 순진하다고 생각했던 동생의 모습은 그저 허상일 뿐이다. 오늘 병학이 알아낸 사실들만 해도, 동생은 순진과는 거리가 멀었다. 여자와 동거를 하고, 살인을 하고, 죄책감 없이 집으로 돌아왔다. 그러고는 뻔뻔하게도 큰 소리를 쳤다.

"술 한잔할래?"

샤워를 마친 동생이 나타나 찬장을 가리켰다. 안동 소주가 놓여 있는 곳이었다.

그러고 보니 동생이 조폭과 단둘이 여행을 갔던 장소가 안동이라는 것이 기억났다. 조폭은 안동에 다녀와서 죽음을 맞이했다. 안동과 죽음이 연관이 있을까?

"술은 괜찮아. 오늘은 피곤해서 말이야."

"알겠어."

동생은 어깨를 으쓱하고 작은방으로 사라졌다.

안동 소주, 그것은 동생이 형을 위해 준 선물이 아닐지도 모른다. 생각할수록 이상했다. 평생 동안 그런 짓을 안 하던 애가 갑자기 선물을 사 오다니, 동생이 병학에게 선물을 줄 리가 없었다. 이부터 의심을 했어야 했다.

모두가 잠든 밤에 병학은 부엌으로 나왔다. 찬장에서 술병을 꺼내 안동 소주의 뚜껑을 열었다. 검지로 살짝 찍어 소주의 맛을 보았다. 쌉쌀한 맛에 혀가 아려왔지만 알코올의 쓴맛인지 헷갈렸다. 컵에 술을 조금 따라보니 평소보다 색이 탁한 것 같았다. 원래 탁한 종류인지는 확신할 수 없었다.

병학은 안동 소주 한 컵을 냄비에 따랐다. 센 불에 냄비를 팔팔 끓였다. 그랬더니 술이 증발되며 흰 가루가 냄비에 맺히기 시작했다. 가루만 찍어서 먹어보니 역시나 쌉쌀한 맛이 났다.

냉장고를 열고 일반 소주도 한 병 꺼냈다. 냄비에 일반적인 소주를 따라 끓여보았다. 알코올이 금방 끓더니 전부 공기 중으로 날아갔다. 냄비에 맺히는 가루 같은 건 없었다. 혹시나 하는 마음에 찬장에 있던 싸구려 와인도 끓여보았다. 와인이 졸여지며 색이 진해지긴 했지만 절대 흰 가루가 남지는 않았다.

병학은 흰 가루를 검지와 엄지 사이로 꼬집었다. 손가락을 움직이며 가루의 감촉을 느껴보았다. 확실히 술에는 없을 법한 인공의 느낌이 났다. 동생이 일부러 집어넣은 가루라는 의심이 들었다.

그래서 병학은 흰 가루를 비닐봉투에 조심스럽게 옮겨 담았다.

그날 밤 병학은 악몽을 꾸었다. 춥고 어두운 사막을 맨발로 끊임없이 걸어 다니는 꿈이었다. 발가락 사이사이에 모래 알갱이가 파고들었다. 마치 얼음조각을 밟은 듯이, 살이 에이고 몸이 덜덜 떨렸다. 양팔로 몸을 감싸보았지만 추위는 사라지지 않았다.

저 멀리 불빛이 보였다. 동그란 불빛이 노랗게 타올랐다. 그곳까지만 가면 몸을 녹일 수 있을 것 같았다. 병학이 열심히 몸을 움직였다. 속도를 높여 앞으로 달려갔다. 그러나 아무리 발을 움직여도 러닝머신 위를 뛰고 있는 것처럼 제자리를 벗어나지 못했다. 달리고 달려도 어둡고 추운 사막의 한복판이었다.

잠결에 침대 위에서 눈을 떴다. 방은 아직 어두웠고, 천장에 붙어 있는 동그란 조명이 동생의 얼굴과 겹쳐 보였다. 몇 가지 기억들이 병학의 머릿속을 스쳐 지나갔다. 안동 소주에 들어 있던 가루와 아이스박스의 노란 액체, 그리고 주사기가 연달아 떠올랐다. 동생의 가방 속 새 주사기는 병학을 위한 것인가. 별의별 생각이 다 들었다. 어쩌면 병학을 향한 살인은 이미 진행되는 중인지도 몰랐다.

그도 가만히 당하고 있을 수만은 없었다. 동생의 모든 것을 손안에 쥐고 있어야 했다. 최악의 경우에 사랑하는 동생을 직접 경찰에 신고하는 한이 있더라도 그를 막아야만 했다. 병학은 바닥에 떨어진 이불을 주워서 덮고 다시 잠에 빠져들었다.

Chapter

2

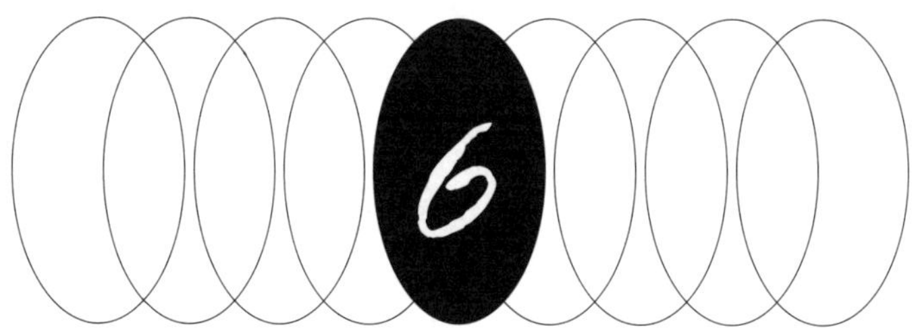

병학이 아침 일찍 거실로 나왔는데 동생이 보이지 않았다.

"실험실에 일 있다고 새벽부터 나갔어."

엄마가 아침을 차리며 언질을 주었다.

"일요일인데도요?"

"그러니까 말이다."

어제 꺼내놓았던 안동 소주가 찬장 안으로 들어가 있었다.

"이거 엄마가 치웠어요?"

병학이 술병을 가리켰다.

"나는 아무것도 안 건드렸어."

엄마가 아니라면 범인은 동생이다.

소주병은 누가 봐도 확연히 술이 줄어든 것이 느껴졌다. 어제 냄비에 끓이기 위해 삼분의 일가량을 사용했기 때문이었다. 술이 줄어든 걸 보고 동생이 행동에 나선 걸지도 모르겠다고 추측했다. 어쩌면 병학이 마셨다고 오해라도 한 것일까?

동생은 지금 실험실에서 약을 챙기고 있을지도 모른다. 아무에게도 걸리지 않는다는 그 약을 병학에게 주사하기 위해 서두르고 있을지 모른다.

그나마 다행인 건 흰 가루가 병학의 손에 있다는 사실이다. 아이스박스 속 첫 번째 증거는 허무하게 놓쳐버렸다. 하지만 어제 얻은 흰 가루가 남아 있다. 이것이 비밀을 알 수 있는 열쇠일지도 몰랐다. 한 발자국 다가갈 수 있다는 것만으로도 상황이 희망적이었다.

"안색이 안 좋은데 무슨 문제라도 있니?"

엄마가 물었다.

"아니요. 문제 같은 게 있을 리가요."

병학은 애써 담담한 척을 했다.

"어제 병윤이랑은 별일 없었어? 깨우라니까 왜 안 깨웠니."

"저도 잠들어버렸어요."

"정말이야?"

"그럼요."

병학이 식탁에 젓가락을 놓으며 크게 하품을 했다. 어제 잠을 설쳐서 그런지 피로가 몰려왔다.

옆에서 찌개를 끓이던 엄마도 하품을 하고 있었다. 엄마의 얼굴도 푸석푸석했다.

"어제 잠은 제대로 주무셨어요?"

"잘 잤지."

"많이 피곤해 보이시는데요."

"난 푹 잤으니까 걱정 마라."

된장찌개가 한소끔 끓어올랐다. 엄마는 가스레인지를 켜고 마른행주를 손에 쥐었다. 뚝배기 옆을 받잡고 식탁으로 단번에 찌개를 옮겼다. 그런데 걸어오는 엄마의 다리가 이상했다. 어제보다 더욱 절뚝이는 모습이었다.

"다리는 괜찮으세요? 어제 너무 무리를 했죠."

"내가 무리할 게 뭐 있겠어."

어젯밤 아픈 다리를 이끌고 쓰레기장까지 뛰어오던 엄마의 모습이 떠올랐다. 그 때문인지 겨우 나아지려던 무릎이 오히려 심해진 듯했다. 병학이 안타까운 마음에 혀를 찼다.

"오늘 교회는 가실 수 있겠어요? 저 혼자 갈까요?"

"왜?"

"다리도 안 좋아 보이시고, 집에서 쉬는 게 어떠세요?"

엄마는 고개를 저었다.

"괜찮다니까 그러네."

　몇 가지 반찬을 내오고 나서야 모자가 식탁에 마주 앉았다. 둘은 간소하게 아침 식사를 했다. 밥을 먹는 내내 병학은 마음이 좋지 않았다. 철없는 동생 때문에 무슨 고생인지 싶었다.

　"난 괜찮으니까, 어서 밥이나 먹어."

　그 표정을 읽었는지 엄마가 병학을 다독였다.

　"알겠어요. 어서 먹고 교회에 가요."

　엄마를 편하게 할 방법은 단 하나뿐이다. 동생이 무슨 짓을 하고 다니는지 진실을 밝혀내는 것, 그것만이 동생을 막을 수 있는 방법이기도 했다. 병학은 후딱 아침 식사를 끝내고 주머니에 흰 가루를 챙겼다.

　셔틀버스를 타고 30분 거리에 있는 교회에 도착했다. 집과 꽤 거리가 멀었지만 그만큼 규모가 큰 곳이었다. 벽돌식 건물에 예배당만 3층을 차지했다. 콘서트홀을 연상케 하는 예배당 안에는, 이미 수백 명의 신도가 오전 예배를 진행하기 위해 자리를 잡고 있었다.

　11시가 다가오자 사람들이 교회 곳곳에서 예배당으로 모이기 시작했다. 병학도 엄마의 손을 잡고 버스에서 내렸다. 늦지 않기 위해 발걸음을 서둘렀다. 구름이 말끔히 걷혀 겨울답지 않게 햇살이 눈부셨다. 병학은 눈을 찌푸리며 무엇을 찾는 사람처럼 열심히 주위를 두리번거렸다. 그렇게 한창 예배당으로 걸어가는데 권사 한 명이 병학에게 다가왔다.

"우리 아들 왔네."

권사가 병학의 두 손을 맞잡았다.

"권사님, 잘 지내셨어요?"

"훤칠하니 더 잘생겨졌네."

옆에서 엄마는 뿌듯한 얼굴로 병학의 등을 쓰다듬었다. 그 모습을 본 권사가 말을 걸었다.

"집사님, 부러워요. 이제 교수 임용됐다면서요?"

"아직 아니에요."

대답하는 엄마의 얼굴엔 웃음꽃이 가득 피었다.

"그럼 이제 될 일만 남은 거네. 어쩜 이렇게 아들을 잘 키웠어."

권사의 칭찬이 계속되었다. 엄마는 오늘이 아들을 키운 목적이라는 듯이 그들의 칭찬을 거부하지 않았다.

"제가 뭘 한 게 있다고요."

"이제 결혼할 때가 되지 않았나? 곧 전도사님이 되고, 교수님이 될 아들인데 좋은 사람 만나야지."

병학은 옆에서 어색하게 웃으며 자리를 지켰다. 웃으면서 고개를 끄덕이긴 했지만, 대화를 듣고 있지는 않았다. 정신은 다른 곳에 가 있었다. 병학이 여전히 주차장 주위를 두리번거렸다.

"그러니까요. 좋은 사람 있으면 소개 좀 시켜주세요."

대신 엄마가 열성적으로 대화에 참여했다.

“선 자리 한번 알아봐드릴까요?”

“그래 주시면 고맙죠.”

엄마는 더욱 적극적으로 권사의 팔을 붙잡았다.

“어떤 사람이 좋으려나…….”

“저는 기왕이면 교회 안에서 찾았으면 좋겠는데, 권사님이 더 잘 아시잖아요. 누구 괜찮은 사람 없어요?”

권사가 잠시 생각을 하더니 기쁜 듯이 손뼉을 쳤다.

“있어. 이번에 새로 온 신도가 아주 괜찮아.”

“누구예요?”

둘의 대화가 한창 무르익고 있었다. 하지만 병학은 막을 생각을 하지 못했다. 사람을 찾느라 엄마에게 신경을 쓰지 못했기 때문이다.

병학이 주위를 열심히 살폈다. 하지만 찾는 사람은 눈에 띄지 않았다. 혹시나 싶어 뒤를 돌아 확인을 했다. 그리고 우연히도 바로 뒤에서 대화를 엿듣던 은정을 발견할 수 있었다.

은정은 눈이 마주치자 무언가를 들킨 사람처럼 후다닥 예배당 안으로 들어가버렸다. 펑퍼짐한 청바지에 패딩을 걸치고, 언제나처럼 짧은 검정 머리를 한 모습이었다.

“권사님, 엄마. 나중에 안에서 봬요.”

예의 바르게 인사를 건네고 은정의 뒤를 쫓았다. 바로 뒤따라왔지만 예배당이 워낙 넓어서 어디로 사라졌는지 알아차릴 수 없었다.

"은정아!"

크게 이름을 불러보았다. 그러나 병학의 목소리는 연습 중인 피아노 반주에 그대로 묻혔다.

어느새 예배가 시작된다는 안내 방송이 나오고 있었다. 일단 은정을 찾는 걸 포기하고 예배당 앞으로 걸어 나갔다.

무대에 올라 단상을 지나쳤다. 그러고는 커튼 뒤에 숨겨져 있는 비상계단을 통해 지하실로 내려갔다. 좁은 계단을 따라 걸어가니, 지하실엔 이미 수십 명의 사람들이 성가대 옷을 차려 입고 준비를 마친 상태였다. 병학도 의자에 남아 있는 성가대복을 주워 입었다.

"늦어서 죄송합니다."

원래는 1시간 먼저 오는 것이 예의였지만, 오늘은 늦잠을 자는 바람에 지각을 하고 말았다. 어차피 늦은 김에 여유롭게 예배 시간에 맞춰서 집을 나왔다. 병학이 잘못한 점도 있었지만, 자꾸만 동생 탓을 하게 됐다.

어제 동생 생각을 하느라 잠을 설치지만 않았어도 애초에 늦잠을 자지 않았을 것이다. 더불어 뻔뻔하게 말대꾸를 하던 동생의 모습이 떠올랐다. 이제는 동생만 생각해도 가슴속에서 울화가 맺혔다.

"올라가겠습니다!"

단장의 지시에 성가대원들이 두 줄로 늘어섰다.

병학은 늦은 만큼 맨 뒷줄에 합류했다. 무대로 올라가

며 오늘은 꼭 흰 가루의 정체를 알아내야겠다고 다짐했다. 눈앞에 증거를 들이밀며 동생의 버릇을 고쳐줄 계획까지 세웠다.

그러려면 은정을 무조건 찾아야만 했다.

성가대가 입장을 시작했다. 병학은 일부러 제일 높은 자리로 올라갔다. 수천 명의 신도들이 한눈에 보이는 곳에 자리를 잡았다. 조금 전 은정이 1층에서 사라졌기에, 병학은 1층의 모든 좌석을 찬찬히 훑었다. 예배가 진행되는 와중에도 눈으로는 열심히 은정을 찾았다.

그리고 앞줄 세 번째 자리에서 그녀를 발견할 수 있었다. 병학이 은정을 쳐다봤을 때 어쩐지 눈이 마주친 것 같았다. 멀리 떨어져 있어 착각일 수도 있겠지만, 순간 은정이 시선을 피하는 것이 느껴졌다. 참 수줍은 아이라고 병학은 생각했다.

예전부터 봐왔지만 그녀는 언제나 수줍은 소년 같았다. 처음 은정을 알게 된 건 초등학생 때였다. 말을 하다 보면 은정의 얼굴이 종종 빨개지고는 했다. 그 시절에도 짧은 머리에 펑퍼짐한 옷차림이었기에 소녀보다는 소년의 인상이 강하게 박혀 있었다.

성인이 된 그녀는 여전히 똑같은 모습이었다. 머리가 자라지 않는 것처럼 항상 동일한 길이의 쇼트커트, 고집스러운 취향을 알 수 있는 노란색 맨투맨, 열성적으로 경청하는 자세까지 그대로였다. 옷의 취향이 어찌나 한결같은지, 역시나 오늘도 햇병아리 같은 옷을 입고 있었다. 왜 같은 옷만 입냐고 물으면 엄연히 다른 옷이라며 볼이 빨개졌는데, 병학의 눈으로는 구분하기 힘든 차이였다.

은정은 열심히 목사님의 설교를 필기했다. 저 자리를 차지하려면 꽤나 이른 시간에 교회를 나와야 할 것이다. 그녀는 참 부지런하기도 했다. 그랬기에 어린 나이에 연구원이 될 수 있었을 것이다.

그렇게 병학이 몰래 훔쳐보고 있는데 또다시 눈이 마주쳤다. 은정이 성가대 쪽을 쳐다봤기 때문이었다. 거리가 멀어 정확하진 않았지만, 병학은 어쩐지 자신을 쳐다봤다는 확신이 들었다. 손을 살짝 들고 은정에게 인사를 했다.

이번에도 은정은 부끄러운지 휙 고개를 돌려버렸다.

병학은 예배가 끝나면 왜 눈을 피했는지 물어봐야겠다고 생각했다.

성가대가 짧은 찬송을 부르고, 몇 번의 기도를 더 한 뒤에야 예배가 끝이 났다. 병학이 주기도문을 외우자마자 자리에서 일어났다. 다른 곳은 보지 않고 은정을 향해 달렸다. 나가려는 신도들이 많아 제일 앞쪽에 있던 은정은 다행히 자리를 벗어나지 못했다. 덕분에 드디어 그녀와 대면할 수 있었다.

"은정아!"

병학이 어깨를 살며시 두드렸다.

"네?"

"한참 찾았다. 잠시 나랑 얘기 좀 할래?"

"무슨 이야기요?"

은정의 볼이 또 빨개졌다. 여전히 수줍은 소년의 모습이었다. 어렸을 때와 너무나도 똑같아 병학은 친근감마저 들었다.

"혹시 아까 나랑 눈 마주치지 않았어?"

"제가요? 그런 적 없었어요."

"나 쳐다봤잖아."

"제가 선배를 왜 쳐다보겠어요."

은정이 고개를 숙이더니 다시 밖으로 나가려고 했다.

"잠깐 시간 괜찮니?"

병학이 그런 그녀를 붙잡았다.

"저요?"

"응. 꼭 너여야만 해." 병학은 주머니 속 흰 가루를 움켜쥐었다. "중요한 일이라서 그런데 말이야. 뭐 하나만 부탁해도 될까?"

"어떤 부탁이요?"

은정은 경계했으나 호기심이 가득한 얼굴이었다.

"이게 무슨 가루인지 궁금해서 그러는데, 혹시 성분 분석을 좀 해줄 수 있어?"

흰 가루를 살짝 꺼내 내밀었다.

"지금이요?"

"이렇게 갑자기 물어봐서 미안해." 병학은 말을 골랐다. "염치없지만 처음이자 마지막으로 부탁을 해도 될까? 내가 아는 사람 중에 이런 걸 할 수 있는 사람이 너밖에 없어서 그래."

"급한 일이에요?"

"아주 급한 일이야."

"……."

은정은 시선을 바닥으로 내리깔았다. 초조해진 병학이 다시 한번 질문했다.

"딱 한 번만 부탁해도 될까?"

"음……. 알았어요."

은정의 목소리가 미세하게 떨렸다.

"너무 부담되는 일이면 거절해도 괜찮아."

"아니에요. 간단한 일이에요."

"정말 고마워."

병학이 그녀를 와락 끌어안았다. 은정의 키가 동생과 비슷해서 그런지 남동생을 끌어안는 기분이었다.

"뭘요."

은정은 연구실 장비를 사용하면 간단하게 가루의 정체를 확인할 수 있다고 덧붙였다.

"이 은혜는 평생에 걸쳐서라도 꼭 갚을게."

병학은 큰절이라도 하고 싶은 기분이었다.

그래서 일요일 점심이 막 지난 때에, 병학은 은정의

차를 타고 연구실로 향했다. 은정에게 있어서는 첫 데이트
와도 같은 날이었다. 그 옆의 병학은 오로지 동생 생각뿐이
었지만 말이다.

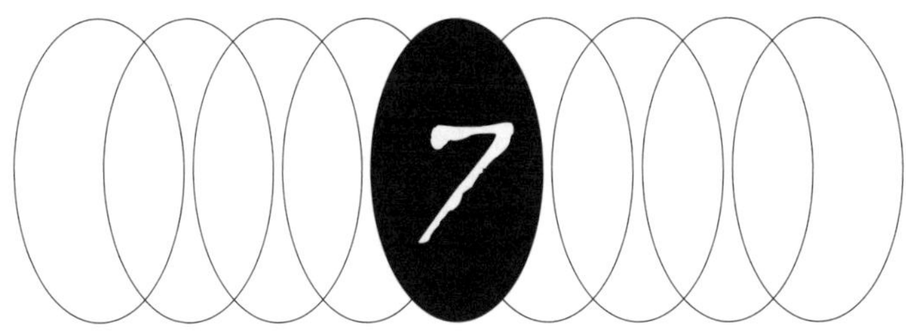

　　연구실에 도착하자마자 은정은 불도 켜지 않고 공기
탱크의 밸브부터 열었다. 컴퓨터 전원 버튼을 누르더니, 생
전 처음 본 프로그램을 하나 실행했다. 하얀 배경에 그래프
가 가득 그려진 프로그램이었다. 은정이 샘플 통을 준비하
며 분주하게 움직이는 동안, 병학은 그 옆을 지키며 멀뚱히
서 있었다.

　　"아까 가루 좀 주실래요?"

　　"응. 여기 있어."

　　챙겨온 흰 가루를 건넸다. 도움을 주고 싶었지만 그
가 할 수 있는 일이 없어 보였다. 실험실 장비는 병학의 몸
통보다도 컸고, 장비에 연결된 공기탱크만 해도 세 개였다.

이런 곳에선 자고로 사고 안 치고 가만히 있는 게 도와주는 길이라는 걸 본능적으로 직감했다.

은정이 컴퓨터를 확인하더니 공기탱크의 밸브를 다시 조정했다. 그리고 흰 가루를 액체에 녹여 샘플 통 안에 옮겨 담았다. 그녀의 손동작은 문외한인 병학이 보기에도 빠르고 정확했다. 군더더기 없는 손놀림으로 샘플을 완성시켜 장비 안에 집어넣었다.

"이제 10분만 기다리면 분석 결과가 떠요."

은정이 컴퓨터를 가리켰다. 어느 때보다도 날카로운 눈빛이었다.

"도와줘서 정말 고마워."

"어려운 부탁도 아닌데요, 뭘."

병학이 무엇보다도 고마웠던 것은 그녀가 꼬치꼬치 캐묻지 않았다는 점이다. 뜬금없는 부탁이었기에 무슨 일인지 물어볼 법도 했는데, 은정은 그저 눈을 감아주었다. 그 과묵한 성격이 은정만의 매력이기도 했다.

"오늘따라 되게 다르게 보인다."

결과가 나오길 기다리며 병학은 말을 걸었다.

"저요?"

"이렇게 전문적인 사람인지 몰랐네."

수줍어만 하던 소년 같은 아이가 어느새 커서 일을 하고 있다니 놀라운 뿐이었다.

"이거 진짜 별일 아니에요. 대학교 1학년 학생도 할 수 있어요."

갑작스러운 칭찬에 부끄러운지 은정이 두 손을 흔들었다.

"나는 서른다섯이어도 못 하는걸?"

"선배가 화학 전공을 안 했으니까 그렇죠."

"그런가?"

"그럼요. 그리고 저보다 선배가 더 전문적이죠. 이제 교수 된다면서요?"

"아니야. 아직 거기까지 가려면 멀었어."

"아까 언뜻 들었는데……." 은정이 뜸을 들이더니 조심스럽게 물었다. "선배, 선 봐요?"

순간 병학의 시선이 모니터로 향했다. 갑자기 화면에 선이 그려졌기 때문이다. 분석 장비가 커다란 소리를 내며 돌아가더니, 동시에 화면에 주기적으로 그래프가 차곡차곡 쌓였다. 첫 번째 굴곡이 나타나고 선이 급속도로 떨어지다가 다시 더 큰 굴곡이 그려졌다.

"저게 무슨 의미야?"

병학이 모니터를 가리켰다. 가루의 정체가 밝혀지는 중이었다.

"잠시만요."

은정도 뒤를 돌아 그래프가 그려지는 화면을 확인했다. 그런데 갑자기 은정이 입을 딱 벌렸다.

"뭔데? 심각한 거야?"

은정은 대답 없이 장비가 멈추기를 기다렸다. 모든 분석이 완료될 때까지 그녀는 인상을 찌푸린 채로 가만히 멈춰 있었다.

"이거 어디서 났어요?"

"뭔데 그래?"

이제 컴퓨터 화면에는 분석 결과가 영어로 뜨기 시작했다. 영상 80도에서 분석이 이뤄졌으며 기체를 이용했다는 말이 나왔다. 몇몇 단어를 읽었지만 병학은 도무지 무슨 소리인지 감이 잡히지 않았다. 그저 은정의 눈치만 보고 있을 뿐이었다.

"그러니까 이게 말이에요."

"위험한 물질이니?"

은정은 말을 아꼈다. 그러더니 뜬금없이 전혀 다른 질문을 던졌다.

"병윤이에요?"

예상치 못한 추궁에 당황한 나머지 병학의 얼굴이 빨개졌다.

"왜 병윤이 이야기가 나와? 분석 결과가 어떤데?"

"일단 흰 가루는 졸레틸이에요. 수면마취제의 일종으로 주로 동물한테 사용하는 거예요."

답변을 들은 병학의 입도 딱 벌어졌다. 수면마취제라면 동생의 목적이 가늠되었다. 술을 먹이고 병학을 잠들게 할 작정이었을 것이다. 표정이 심각해지자 은정은 걱정스러운지 재차 물었다.

"선배가 구한 건 아니죠? 요새는 졸레틸이 마약류로 분류되어서 일반인이 구하기는 쉽지 않아요. 잘못하면 정말 잡혀갈 수도 있어요."

"마약이라면 그…… 마약이라고?"

"네. 환각 효과가 있어서 요새는 약국에서도 잘 안 팔아요. 수의대에선 쉽게 구할 수 있겠지만요. 주로 동물 마취나 안락사에 많이 사용되거든요."

안락사라는 단어에 호흡이 순간적으로 정지했다.

동생은 단순히 병학을 재울 목적이 아니었을지도 모른다. 이 약을 이용해 완전히 잠들게 만들 작정이었을까? 불길한 의심이 파고들었다.

"선배, 제발 병윤이랑 관련이 있는 일이라고 해줘요. 병윤이가 실험실 약을 잘못 가지고 온 거예요? 그래서 저한테 물어본 거죠?"

병학은 은정에게 이 상황을 어떻게 설명해야 할지 난감했다. 동생이랑 관련이 있었다. 동생이랑 관련이 있어서 위험했다.

'병윤이가 나한테 이걸 먹이려고 해.'

목구멍까지 나오려던 말을 우선은 집어삼켰다. 확실한 것이 생기기 전까진 아무것도 이야기하지 않는 게 좋을 것 같았다. 병학은 말을 돌렸다.

"동생이랑 관련은 있지만 걱정할 필요는 없어."

“정말이에요?”

“믿어도 돼.” 병학이 고개를 끄덕였다. “그것보다 궁금한 게 있는데 말야.”

“어떤 거요?”

“저 약물을 먹으면 사람이 갑자기 죽기도 하니?”

병학은 사망한 최기정을 떠올렸다. 멀쩡히 움직이던 사람이 무릎을 꿇은 채로 죽었다. 마약의 일종이라면 이런 비정상적인 일이 가능하지 않을까 싶었다.

“죽을 수도 있죠.”

“움직이던 사람이 갑자기 죽는 게 가능해?”

“그건 불가능할 것 같은데요. 일단 수면제라서 먹으면 바로 잠이 드니까요.”

은정은 회의적이었다.

“불가능하단 말이지…….”

“뭐 어쩌다 한번쯤은 가능할 수도 있을 거예요. 졸레틸을 맞았다가 깨어난 뒤에 심장마비가 왔다든가 하는 경우요.”

“우연이 겹치면 가능할 수도 있다는 말이네.”

“그렇죠.”

우연히 조폭이 사망했을 수도 있다. 만약 우연이라면 병학에게는 희소식이다. 두 번이나 우연이 겹치는 것은 희박할 테니 말이다. 병학이 혼자 고개를 끄덕이는데, 눈앞의 은정의 표정이 심각하게 변했다. 곧이어 그녀가 조심스럽게 질문을 던졌다.

"선배, 이걸로 누구 죽일 생각하는 거 아니죠?"

"그럴 리가 없잖아."

고개까지 저으며 부인했다. 그러자 은정은 오히려 그 모습을 오해한 것 같았다.

"절대로 그러면 안 돼요. 무조건 살인으로 잡혀가요."

"무조건 잡힌다고?"

"그럼요! 이게 구하기 어려운 약물일 뿐더러, 시체만 봐도 무조건 걸려요. 부검을 안 해봐도 안다고요. 그러니까 절대 나쁜 마음먹으면 안 돼요."

"부검을 안 하는 데 어떻게 알 수 있어?"

"당연히 알죠. 주사 자국이 있으면 기본적으로 피검사부터 해요. 주입 양에 따라 다르긴 하겠지만 졸레틸은 검출이 안 될 수가 없어요."

그 이야기에 생각이 많아졌다.

최기정의 목뒤에는 주사 자국이 있다고 했다. 분명 형사들이 피검사를 해보았을 것이다. 아무것도 검출되지 않았다면, 최기정에게 졸레틸을 주입하지 않았다는 말이 된다.

그런데 왜 병학에게 선물로 준 소주에는 졸레틸이 들어 있던 것일까? 흰 가루의 정체를 알았지만 오히려 미궁 속으로 빠져드는 기분이었다. 병학이 답답함을 참지 못하고 물었다.

"그러면 피검사에 걸리지 않고 사람을 죽일 수 있는

약이 있어?"

"그런 게 어딨어요!" 은정이 호통을 쳤다. "선배, 무슨 마음을 먹고 있는 거예요?"

"이상한 마음 안 먹었어. 중요한 일이라 그래. 정말 그런 약이 없을까?"

"절대 없어요. 화학 약품이 몸 안에 들어가면 검출이 안 될 수가 없다고요. 무조건 걸려요."

동생은 아무한테도 걸리지 않는 약이라고 확신을 했다. 그렇지만 애초에 그런 건 존재하지 않는다니 말이 맞지 않았다. 병학이 머리를 쥐어뜯었다.

"아예 없다는 말이지?"

"네. 일말의 가능성도 없어요."

모든 것이 모호했다. 그 와중에 확실한 것이 있다면, 이대로는 동생을 막지 못한다는 사실이었다.

"알아봐줘서 고마웠다."

병학은 벗어놓은 코트를 걸쳐 입었다. 답답하고 허무한 마음뿐이었다.

"선배, 이상한 마음먹으면 안 돼요."

은정은 여전히 걱정스러운 얼굴을 하고 있었다.

"그런 거 아니니까 걱정하지 마. 그냥 집 장롱에 약이 있길래 뭔지 궁금했을 뿐이야."

병학은 억지로 웃음을 지었다. 도무지 미소가 나오지 않았지만 분위기를 풀 필요가 있었다.

"저랑 약속해요."

"그럼, 약속할게."

터덜터덜 연구실 밖으로 걸어 나왔다.

동생이 뻔뻔하게 군 것엔 다 이유가 있었다. 가루의 정체만 알게 되면 일이 풀릴 거라고 생각했다. 그러나 정체를 알았지만 머릿속에 남은 것은 백지뿐이다. 어디부터 동생을 쫓아야 할지 감을 잡을 수 없었다.

그리고 그에 따른 상실감이 몰아쳤다. 상황이 심각해지는 것보다 막을 희망이 없다는 것이, 병학을 더욱 어쩔 줄 모르게 만들었다.

"정리 다 끝났어요."

잠시 후 은정이 뒤따라 나왔다.

"이제 갈까? 나 다시 교회에 내려줄래?"

병학은 애써 안 좋은 기분을 숨겼다.

"선배……."

은정은 초조한 눈빛이었다. 말을 꺼내려다가 말기를 반복했다.

"왜 자꾸 이름만 부르다가 말아."

"있잖아요. 혹시……," 은정이 뜸을 들이더니 말을 이었다. "병윤이가 일을 저지른 거예요?"

"그런 거 아니야."

"제가 생각할 때는 병윤이밖에 없어요. 이런 약물을 가지고 온 것도 그렇고, 사람을 죽인다는 것도 그렇고, 병윤이랑 관련이 있는 거죠? 그 뻔뻔한 애가 뭔가 큰일을 저질렀어요?"

동생은 대체로 공부를 잘하는 모범생으로 회자됐다. 특히나 동생이 교회를 마지막으로 나왔던 게 중학생 시절이었고, 그때는 사춘기조차 겪지 않은 순하디 순한 아이였다. 은정이 어떻게 동생의 뻔뻔한 모습을 알고 있는지 의문이었다.

"왜 병윤이라고 생각했어?"

"역시 맞는 거죠? 제가 그럴 줄 알았어요."

"왜 병윤이라고 생각했는데?"

"예전에 개 꿈이 그거였어요. 사람을 죽이는 거요. 저한테 살인을 하고 안 걸릴 수 있는 방법이 뭐냐고 종종 물어봤어요."

동생이 그랬다니 믿기지 않는 이야기였다. 그러자 은정이 덧붙였다.

"또 교회 와서는 만날 선배가 죽기를 기원했어요. 언젠가는 선배를 죽이겠다는 말을 달고 살았는걸요."

병학의 두 눈이 동그랗게 커졌다.

"사실이야? 예전에 병윤이가 나를 죽인다고 얘기하고 다녔다고?"

"네, 매주 저한테 그랬어요. 혹시 병윤이가 사고라도 친 거예요? 졸레틸로 선배를 죽이기라도 한대요?"

"……."

병학은 사실대로 말을 해야 할지 고심했다.

"선배, 저한테 말해봐요."

그는 어두운 망망대해에서 통나무배에 올라 외롭게 항해를 하는 중이었다. 그런데 어딘가에서 은정이 손을 내밀었다. 은정은 충분히 입이 무거운 사람이었고, 약물에 대한 지식도 풍부한 사람이었다. 게다가 동생에 대해 병학보다도 아는 것이 많은 듯했다.

"제가 도와드릴게요. 분명 도움이 될 거예요."

달빛 한 점 없는 어두운 바다에서 등대의 불빛을 만난 기분이었다.

"도와줄래?"

결국 병학은 그녀가 내민 손을 맞잡았다.

"도대체 무슨 일이에요?"

어디까지 이야기를 해야 할지가 문제였다. 병학은 해도 될 것 같은 내용만을 선별했다.

"병윤이가 걸리지 않고 죽일 수 있는 약을 만들었대."

"무슨 말도 안 되는 소리예요?"

은정의 얼굴이 일그러졌다. 충격을 받았다기보단 의문을 표하는 표정이었다.

"나도 그렇게 믿고 싶지만 사실이야."

"그러니까……."

그 이후로 은정은 한동안 말을 잇지 못했다. 그녀의 생각이 깊어진 듯했다. 병학은 방해가 되지 않기 위해 옆에서 가만히 기다렸다.

곧 은정이 복도를 걸어가기 시작했다. 병학도 그녀의 뒤를 따라 걸었다. 그렇게 둘은 건물을 빠져나왔다. 눈치 없게 오늘따라 날씨도 따사로웠다. 하루 중 제일 따뜻한 오후 2시에 생전 처음인 연구실에서 무엇을 하고 있는 건지 헷갈릴 정도였다.

은정이 주차장에서 차를 빼오는 동안 병학은 자판기 앞에 멈춰 섰다. 캔 커피를 뽑으려고 했으나 현금이 없었다. 오늘의 도움을 보답도 할 겸 점심이나 사야겠다고 결심했다. 휴대폰을 켜고 근처의 밥집을 찾아보았다. 피자를 파는 레스토랑이 적당할 것 같았다.

"선배!"

은정은 차를 끌고 나타났다.

"배고프지? 우리 피자 먹으러 갈래?"

병학이 조수석에 올라탔다.

"그것보다 가봐야 할 곳이 있어요."

"어디를 가는데?"

"제가 장담하는데 권병윤 그 자식 허언증이에요."

"나도 그랬으면 좋겠어."

"아무리 생각해봐도 허언증이에요. 걸리지 않는다는 약이라는 게 애초에 불가능하거든요."

은정은 어느 때보다도 확신에 찬 말투였다.

"그렇지만 맞다는 증거가 있어."

“무슨 증거인데요?”

동생이 이미 살인을 했고 형사에게 걸리지 않았다는 사실을 전해야 하나 고민했다. 그렇지만 역시 그것은 숨기는 게 좋을 것 같았다.

“지금 당장 말을 해줄 수는 없지만…….”

“뭔지는 모르겠지만요.” 은정은 심각한 표정을 짓더니 차를 출발시켰다. “제가 아는 건 졸레틸이 아주 위험한 물질이라는 거예요. 병윤이가 이상한 망상에 빠져 위험한 짓을 하려나 본데요.”

“위험한 일이야. 꼭 막아야만 하고.”

병학이 맞장구를 쳤다.

“그러니까요. 그래서 뭘 하려는 건지부터 우선 확인해야겠어요.”

은정은 익숙하게 운전대를 돌리며 주차장을 빠져나왔다. 그러고는 망설임 없이 1차로에 올라탔다. 단호한 핸들링을 보니 그녀의 목적지가 분명했다.

“어떻게 확인을 할 작정이야?”

“선배, 내비에 병윤이 학교 좀 찍어주세요.”

그러고 보니 자동차가 향한 곳은 경기도로 내려가는 길목이다.

“지금 가자는 말이야?”

“네, 저는 시간 널널해요. 선배도 괜찮죠?”

“시간은 많지만…….”

　“가서 꼭 알아보고 싶은 게 있어서 그래요.”

　결국 병학은 그녀의 뜻에 따라 내비게이션에 주소를
입력했다. 목적지는 수원에 위치한 동생의 대학교였다. 그
렇게 졸지에 병학은 은정과 수원으로 향하게 되었다.

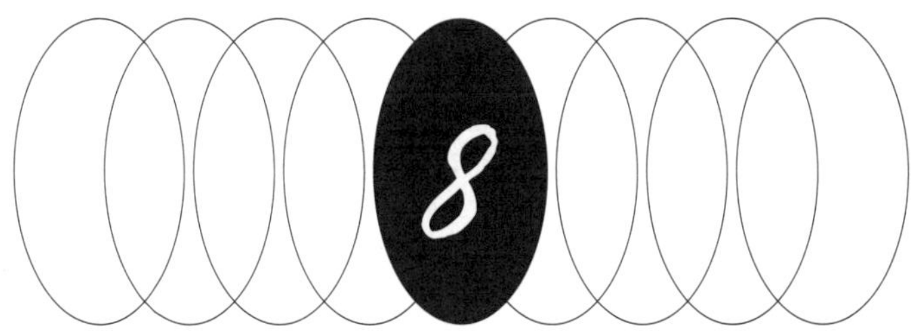

병학이 알고 있는 정보는 그리 많지 않았다. 동생이 축산 쪽을 공부 중이며, 원래는 수의대생이라는 사실뿐이었다. 또한 이름이 권병윤이라는 것, 부끄럽게도 세 가지밖에 없었다. 그래서 수원대학교 정문에 도착했을 때, 병학은 어디로 가야 할지 감을 잡지 못했다. 길 안내를 할 생각도 못 하고 그저 난감한 얼굴로 조수석을 지켰다.

그에 비해 은정은 작은 정보로도 능숙하게 병윤의 실험실을 찾아냈다. 지도를 보고 농생대에 차를 세우더니 경비 아저씨한테 몇 가지 사실을 물었다. 휴대폰으로 홈페이지에 접속해 조직도를 보고는, 금방 병윤의 실험실 위치를 알아차렸다. 병학은 그저 그녀가 이끄는 대로 따라갈 뿐이었다.

그렇게 도착한 곳은 2층짜리 낡은 건물 앞이었다. 좌측으로 작은 비닐하우스가 보였는데, 바로 그 안에서 비료인지 실제 분뇨인지 모를 냄새가 풍겨왔다.

"들어가실까요?"

은정이 주차를 마치고 나타났다. 전에 와본 적이 있는 사람처럼 망설임 없이 병학을 안내했다.

귀를 기울이니 돼지 울음소리가 작게 들리는 것 같았다. 그렇지만 정말 미세한 소리였기에 병학은 그저 착각이라고 넘겨버렸다.

"그러자."

둘이 함께 건물 안으로 들어갔다. 지은 지 30년은 되어 보이는 낡은 건물에는 좁은 복도 좌우로 빼곡하게 방이 있었다. 그중에서도 제일 끝 쪽 방이 동생의 실험실이었다. 병학은 순순히 은정의 뒤를 따랐다.

"안에 병윤이의 적이 많을 거예요."

"어떻게 알아?"

"평소 개 성격을 보면 딱 보이죠."

은정은 동생의 삐딱한 성격으로 보았을 때 친구가 없을 것이라고 자신했다.

"아니야. 병윤이가 밖에서는 잘 지냈댔어."

그렇지만 병학이 아는 내용은 달랐다. 엄마의 증언에 따르면 동생은 꽤나 사교적인 사람이었다.

"저도 바깥사람인걸요? 저를 믿으세요. 분명히 병윤이라면 여기저기에 적을 만들어뒀을 게 뻔해요."

은정은 단호했다.

"그러면 차라리 병윤이와 모르는 사이인 척하는 편이 좋을까?"

"네, 그냥 관련 회사에서 왔다고 소개하죠."

병학이 알았다는 눈짓을 했다. 애매할 때는 은정을 따르는 편이 현명해 보였다. 그녀가 병학보다 연구실에 익숙한 사람이었기 때문이었다.

"들어가서 정확히 뭘 물어보면 좋을까?"

실험실 문이 보이기 시작했을 때, 병학은 은정에게 질문을 던졌다.

"학부생 수준으로 할 수 있는 건 많지 않아요. 제가 병윤이 자리에서 무슨 연구를 하는지 파악할 테니까 선배는 다른 사람들의 눈을 돌려주세요."

"시간만 끌면 되는 거지?"

"그거면 충분해요."

은정의 뒷모습은 너무나도 듬직했다. 그녀가 이렇게 의지되는 사람인 줄 처음 깨닫고 있었다.

"들어갈게요."

은정이 앞장서서 실험실 문을 두드렸다.

나무문이라 작은 노크 소리에도 복도가 쩌렁쩌렁 울렸다. 하지만 사람이 없는지 별다른 반응이 없었다. 은정은 다시 한번 노크를 했다. 곧 하얀 실험복을 입은 남자가 문을 열고 나타났다.

"무슨 일이시죠?"

"여기가 동물생명공학과 랩인가요?"

"맞습니다. 무슨 일이시죠?"

그러나 은정이 대답도 하기 전에 연구원의 눈이 동그랗게 커졌다. 병학을 가리키더니 환한 얼굴로 먼저 물었다.

"혹시 병윤이 형이세요?"

병학은 그만 꿀 먹은 벙어리가 되고 말았다. 조금 전에 은정의 말을 떠올렸다. 병윤이와 모르는 사이라고 말을 하는 것이 좋을 텐데, 이도 저도 못하는 난감한 상황이었다. 이럴 때는 너무나 닮게 한 형제의 피가 원망스러웠다.

"맞아요. 이분이 형이에요. 혹시 안에 병윤이 있나요?"

당황해서 말을 못 하자 은정이 대신 둘러댔다.

"병윤이는 아침에 들렀다가 다시 돌아갔습니다."

"그렇군요."

은정도 어찌 해야 할지 모르는 눈초리였다. 이미 병윤의 친구인 것을 들켜버렸다. 아예 병윤과의 친분을 과시하며 밀고 나가는 것이 좋을까?

"일단 들어오세요."

다행히 연구원이 먼저 안내를 했다.

병학은 사양하지 않고 연구실 안으로 들어갔다. 생각보다 안쪽의 시설은 깨끗했다. 리모델링을 한 지 얼마 안

됐는지 깔끔한 대리석 타일에, 흰 벽지가 인상적이었다.

안에는 세 개의 기다란 테이블이 있었는데, 플라스크와 실험 장비가 어지럽게 널려 있었다. 여러 실험을 동시에 진행 중인 듯했다. 왼쪽 벽엔 쪽문이 있었고, 열린 문틈으로 훔쳐보니 개인 책상 여러 개가 정렬되어 있었다. 그쪽이 연구 공간일 것이다. 은정이 확인해야 할 방이기도 했다.

"만나 뵙게 돼서 반갑습니다."

연구원은 둘에게 따뜻한 녹차를 내밀었다. 특히나 병학을 향해 활짝 웃음을 지었다.

"반갑습니다."

병학이 종이컵을 받았다.

"여기 병윤이 형이 왔어!"

연구원이 쪽문을 향해 소리쳤다. 그러자 안에서 같은 차림을 한 여자 연구원이 나타났다.

"어머나! 안녕하세요. 말로만 듣던 그분이시군요. 반갑습니다."

연구원들의 관심이 병학에게로 한눈에 쏠렸다.

"저를 아시나요?"

"아주 잘 알죠."

예상치 못한 분위기에 병학은 어리둥절했다.

"저를 어떻게 아시는지요?"

"병윤이한테 이야기를 많이 들었어요."

"걔가 형 얘기를 하던가요?"

6년 동안 집에도 안 들어왔던 애가 실험실에서 형 이야기를 하고 다녔다니 의구심부터 샘솟았다.

"자주 합니다. 애초에 저희 실험실에 온 것도 다 형님 때문인걸요. 그러고 보니 건강은 괜찮으십니까?"

"선배 때문에 실험실에 왔다는 게 무슨 소리예요?"

은정이 끼어들었다. 마침 곤란해지던 참이라, 그녀의 개입이 고맙게 느껴졌다.

"병윤이가 아픈 형을 낫게 하고 싶다면서 연구를 시작했습니다."

연구원이 대답했다.

"어떤 연구를 하는데요?"

"지금 저희 실험실에서는 돼지 몸에 사람의 장기를 키우는 실험을 하고 있어요."

은정의 얼굴도 어리둥절한 모습이었다. 화학자인 그녀도 처음 듣는 이야기인 듯했다. 그러자 연구원들이 설명을 덧붙였다.

"장기 이식을 하면 한계가 있잖아요. 이식받으려면 순서를 기다려야 하고, 그러다 돌아가시는 분들도 많고요. 그래서 돼지 몸에다가 사람의 신장을 키우는 겁니다. 돼지가 컸을 때 그 신장을 이식하면 사람들을 살릴 수 있는 거죠."

"그게 저랑은 무슨 관련이 있는지요?"

이번엔 병학이 끼어들었다.

"뇌종양도 이 방법을 이용해서 치료할 수 있을 겁니

다. 아직은 신장이지만 차차 치료할 수 있는 장기를 늘려나
갈 예정이거든요. 특히 신경 쪽의 줄기세포가 발달 중이라
뇌 이식도 20년 안에는 가능해질 겁니다.”

“뿐만 아니라 이론상으로는 모든 암을 치료할 수가 있
답니다.”

연구원들은 뿌듯한 얼굴이었다.

그렇지만 여전히 병학은 이해가 되지 않아 눈치만 보
고 있었다. 그런 연구가 병학과 무슨 상관이란 말인가?

“선배가 뇌종양이 있었군요?”

은정이 병학의 옆구리를 쿡 찔렀다.

“병윤이가 진짜 기특합니다. 형님을 고치고 싶다면서
열심이라니까요. 아주 성실하고 똑똑해요. 심지어 이미 학
부 졸업논문으로 저를 앞질렀을 정도입니다.”

연구원이 웃었다.

분위기를 봐서는 동생이 뇌종양 환자라고 형을 소개
한 듯했다.

“동생이 잘하고 있다니 다행이에요.”

“잘하는 정도가 아닙니다. 이대로라면 〈네이처〉지에
실릴 만한 논문도 곧 쓸 것 같다니까요.”

짧은 대화로도 동생에 대한 신뢰가 느껴졌다.

“아침에 동생이 왔다고 하셨죠?”

병학은 연구원들을 붙잡고 말을 걸었다.

“새벽부터 실험을 했는지 해동기 앞에 있더라고요.”

연구원들은 밝은 표정이었다. 동생의 이미지가 좋아 다행이라고 생각했다. 그리고 그사이 은정이 슬쩍 자리를 떴다. 그녀는 쪽방으로 가 병윤의 연구를 훔쳐볼 것이다. 병학은 최대한 시간을 끌기만 하면 됐다.

"해동기가 어떤 장치인가요?"

일부러 병학이 쪽방에서 멀리 떨어져 있는 장비를 가리켰다.

"가운데에 있는 저 장비입니다."

"저게 무슨 일을 하나요?"

"말 그대로 녹이는 장비입니다. 급속 냉동으로 혈액이나 세포를 얼려두는데, 실험할 때는 꺼내서 녹여 사용해야 하거든요."

"오늘 동생이 뭘 녹였는지 보셨나요?"

"제가 왔을 때는 이미 해동이 끝나서 보지 못했습니다. 그렇지만 요새 줄기세포에 관심이 많던데 그런 종류가 아닐까요? 세포 아니면 혈액일 겁니다."

혹시나 동생이 만들었다는 약물이 아닌가 생각했다. 그렇지만 그런 종류는 아닌 듯 보였다. 그래도 병학은 확인 차원에서 다시 질문했다.

"동생이 실험실에서 약 같은 걸 만들지는 않나요?"

"어떤 약 말씀이십니까?"

"뭐 수면제라든가……. 아니라도 아무거나 약품이요."

"저희 실험실에는 제조실이 따로 없어서 만드는 걸 보

지는 못했습니다."

"약이 노란색 같던데, 혹시 모르시나요?"

연구원들은 잠시 고민을 했다. 그러더니 둘 다 고개를 저었다.

"노란색 약은 본 적이 없습니다. 병윤이가 그런 연구를 한다고 말하던가요?"

"아니요. 그냥 동생이 뭐 하면서 학교를 다니는지 궁금해서 여쭤봤어요."

병학은 동생에 대한 질문을 이어나갔다. 주로 실험실에서 어떻게 생활을 하는지를 물었다. 그리고 꽤나 의외의 대답을 들을 수 있었다.

"병윤이가 어찌나 동물을 사랑하는지, 원래는 안락사해야 할 돼지를 병윤이가 맡아서 기르고 있습니다."

동생이 동물을 아끼는 모습은 본 적이 없었다. 길 가는 강아지한테 눈길조차 안 줬던 아이다. 동물에 관심도 없는 것은 물론이고, 누구보다도 고기 먹는 것을 좋아한다.

"병윤이가 자발적으로 맡은 일인가요?"

"그렇습니다. 매일 돼지를 챙겨야 하는 일이 번거로울 텐데도, 정성을 들이면서 기르고 있습니다. 그렇게 착하기도 쉽지 않은데, 참 좋은 동생을 두셨습니다."

이어서 여자 연구원도 거들었다.

"진짜 대단해요. 수의대에 있을 때도 암을 고치는 연구를 했다고 하던데, 제가 봤을 땐 이러다 노벨상도 받을 것 같아요. 매일 병윤이처럼만 살면 못 할 게 없어 보인다니까요.”

병학의 기억 속에 동생은 전혀 다른 아이였다. 한자를 외우기 싫다고 울며불며 떼를 쓰거나, 학원에 다니기 싫다고 드러눕기도 했었다. 사춘기가 지나고서야 조금 순해져 군말 없이 시키는 일을 하긴 했지만, 절대 먼저 나서서 일을 맡아 하는 아이는 아니었다.

병학은 연구원들의 말을 들을수록 다른 세상에 와 있는 것만 같았다. 전혀 다른 동생이 존재하는 듯했다.

“저도 그런 동생의 모습을 처음 알아서, 얘기를 듣고 있으니까 신기하네요.”

“그렇습니까?”

“네, 두 분이 짜고 저를 놀리시는 것 같아요.”

“병윤이가 집에서는 어떨지 오히려 더 궁금해집니다.”

“집에서 병윤이는 심각해요.”

병학이 장난스럽게 웃었다. 두 연구원도 병학을 따라 웃었다. 그렇게 동생의 험담 아닌 험담을 하며 시간을 보내고 있었다.

그동안 은정은 옆문으로 들어가 연구실을 확인했다. 조그마한 방에 개인 책상이 일렬로 늘어서 있었다. 병윤의 자리를 찾기란 어렵지 않았다. 자리마다 전부 이름표가 붙어 있기 때문이었다.

아직 짐을 다 옮기지 않았는지 병윤의 책상은 횅한 편이었다. 위쪽에 놓인 개인 책꽂이에는 두 권의 책만 꽂혀 있었다. 은정이 책과 논문들을 살펴보았다.

암을 치료하는 법에 대한 전공 서적이 하나 있었다. 또 뇌를 분석한 심리학 책도 있었다. 책상 위에 흐트러진 논문들도 전부 뇌와 암에 관한 것이었다. 뇌종양을 치료하는 법, 뇌를 이식하는 법, 뇌파를 이용해 병변을 확인하는 법 등 전부 치료와 관련된 말들뿐이다. 수의대를 나온 학생다웠다.

은정은 책상 아래 서랍을 열어보았다. 그곳엔 또 다른 책 한 권이 숨겨져 있었다. 일본의 야마나카라는 학자가 쓴 책이었다. 이것은 은정도 어느 정도 알고 있는 내용이었다. 그가 노벨상을 수상했던 터라 관련 기사를 읽었기 때문이었다.

야마나카의 책을 꺼내 내용을 살폈다. 책상 속에 숨겨 놓은 것을 보면 혹시나 중요한 것이 아닐까 추측했다. 그렇지만 책의 내용은 평범했다. 줄기세포에 관한 것으로, 어떻게 지방세포를 뇌세포로 바꿀 수 있냐에 대한 이론이었다. 글자들 사이에는 병윤이가 첨가한 필기도 있었다.

암세포가 되는 것을 주의해야 함.

줄기세포가 암세포가 되지 않게 해야 한다는 뜻이었다. 흥미로운 내용이기는 했다. 그렇지만 은정이 찾는 정보는 아니었다.

책의 맨 뒷장까지 넘겼을 때 졸레틸이라는 단어를 발견할 수 있었다.

Zholetil

그러나 은정은 적혀 있는 단어를 보고 당황하고 말았다. 병윤이가 졸레틸의 스펠링을 잘못 적어놨기 때문이었다. 심지어 옆에 그려진 화학식도 완전히 틀렸다. 두 줄이어야 할 결합이 한 줄로 표기되어 있었다. 이런 수준의 대학생이 약품을 합성할 수 있을 리가 없었다.

은정은 책을 내려놓고 계속 병윤의 자리를 뒤져보았다. 하지만 아무리 찾아도 사람을 죽이는 약에 대한 서적은 없었다. 과학수사에 걸리지 않으면서 살인을 하는 약 같은 건 더더욱 없었다. 역시나 병윤의 허언이었던 것이다. 그의 책상을 보고 은정은 확실히 확신했다.

확인을 마치고 밖으로 나오려고 몸을 틀었다. 그런데 은정의 시선을 잡아 끈 냉장고가 하나 있었다. 연구실 제일 안쪽에 쇠로 된 냉장고가 보였다. 식자재를 보관할 법한 재질이었으나 크기가 상당히 작았다. 범상치 않은 모양이라 일반 냉장고는 아닌 듯했다.

은정이 다가가 냉장고의 문을 열었다. 안에는 기다란 샘플 통이 빼곡히 꽂혀 있었다. 은정은 열심히 샘플을 쳐다봤지만, 화학자로서 이해하기에는 한계가 있었다. 그녀가 샘플 통을 하나 집어 들었다. 통에는 노란색의 액체가 채워져 있었다.

"그거 여시면 안 되는데요."

그때 남자 연구원이 방 안으로 들어왔다.

"죄송합니다."

은정은 다시 샘플들을 냉장고 안에 돌려놓았다. 끝까지 살펴보았지만 정체가 무엇인지는 알 수 없었다. 그저 학생들이 하는 실험의 일종이겠거니 하고 대수롭지 않게 넘겼다.

그리고 연구원 손에 이끌려 병학이 있는 실험실로 돌아왔다. 은정이 병학에게 귓속말로 상황을 보고했다.

"그냥 허언증이 맞았어요."

애초에 아무한테도 안 걸리는 화학 약품이란 있을 수 없다. 더불어 병윤의 자리에는 약품을 연구한 흔적도 보이지 않았다. 그런 그가 약을 만들어냈을 가능성은 0에 수렴한다.

"확실한 거야?"

"확실해요."

은정은 노란 액체를 보았다는 사실은 전달하지 않았다. 그다지 중요하지 않다고 판단한 것이다. 그녀의 말을 들은 병학이 만족스러운 미소를 지었다. 그래서 은정도 만족스러운 미소로 답례할 수 있었다.

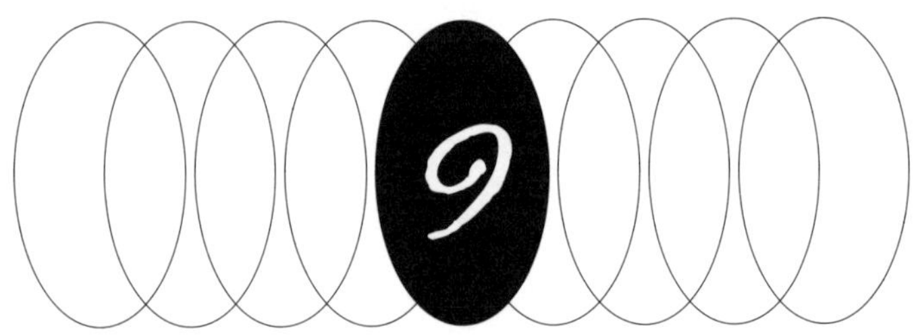

은정의 손에 이끌려 나오긴 했지만 병학은 여전히 찜찜한 기분을 털어낼 수 없었다. 동생이 나서서 돼지를 키운다는 것이 아무래도 마음에 걸렸다. 마침 건물을 나서는데 돼지의 분뇨 냄새가 콧속을 파고들었다. 병학은 미세한 냄새를 따라 사육장으로 발걸음을 옮겼다.

"어디 가요, 선배?"

"잠시만 저기에 들렀다 가자."

비닐하우스를 따라 걸어가니 작은 축사가 나타났다. 병학은 고민 없이 축사 안으로 들어갔다.

스무 평도 안 되어 보이는 작은 사육장에는 팔뚝만 한 미니 돼지들이 각 구역을 지키고 있었다. 허리까지 오는 철창을 가림막 삼아 수십 마리의 돼지들이 꿀꿀거렸다.

"여기서 뭐 하시게요?"

은정은 축사 안에는 발을 들이지 않았다. 그저 멀리서 병학을 바라보며 물었다.

"병윤이가 키우는 돼지가 있다고 해서 말이야."

"걔가 동물을 키운다고요?"

"안락사할 돼지들을 대신 맡아서 키우고 있대."

"그거 신기하네요. 돼지를 잡아다 먹어도 모자랄 것 같은데요."

역시 은정도 이상하다는 반응이었다. 그만큼 동생은 동물에 대한 애정이 있는 사람이 아니었다. 누구보다도 먼저 돼지를 잡아 바비큐를 해 먹는다면 모를까.

"나도 그렇게 생각해. 그래서 확인을 좀 해볼게."

"그렇게 하세요."

은정이 고개를 끄덕였다. 그렇지만 여전히 병학을 따라 들어오지 않았다. 신발에 분뇨가 묻는 게 걱정되는지 축사 밖에서 가만히 지켜만 보았다.

반면 병학은 허리까지 오는 나무판자를 열어젖히고, 안으로 성큼성큼 걸어 들어갔다. 구획된 수십 마리의 돼지 중에서 병윤이의 돼지를 찾아 헤맸다. 안락사를 당할 처지였으면 어딘가 문제가 있었을 것이다. 병학은 한 칸씩 확인하며 문제가 있을 법한 돼지를 선별했다.

"선배! 확인 다 하면 같이 밥 먹으러 갈까요? 아까 피자 어쩌냐고 하셨잖아요."

"그러자. 내가 살게."

돼지들은 다들 제 구역을 지키고 있었다. 시끄럽게 우는 소리를 내거나 밥을 먹는 놈도 있었다. 우는 놈들도 결국은 밥을 더 달라고 요구하는 듯했다.

병학은 돼지를 한 마리씩 살폈다. 전반적으로 깨끗하게 관리된 살색 돼지였다. 대체로 작은 크기였으나 특히나 비실비실한 놈들이 눈에 들어왔다. 햇빛에 드러누워 움직이지 않는 녀석에게 다가갔다. 가까이 가서 살피니 그냥 배불러서 낮잠을 자는 중으로 보였다.

그런데 축사 제일 구석에 물통과 밥통도 없이 방치된 구획이 눈에 띄었다. 다른 칸과는 다르게 강아지 밥그릇이 놓여 있었다. 그리고 안에는 유독 해맑게 뛰어다니는 작은 돼지 한 마리가 보였다. 다른 애들은 먹기 바쁘건만, 이 녀석은 뛰는 게 삶의 낙이라는 듯이 활기차게 돌아다녔다. 돼지가 아니라 강아지라 해도 믿을 법한 수준이었다.

병학이 그 녀석을 향해 다가갔다. 그러자 반대편 입구에서 장화를 신고 온몸을 보호복으로 무장한 관리인이 나타났다. 그는 무섭게 걸어오더니 병학을 제지했다.

"어떻게 오셨습니까?"

"잠시 저 돼지를 확인하고 싶습니다."

"여기에는 맨몸으로 들어오시면 안 됩니다. 오염 관리가 철저한 곳이라 복장을 착용하셔야 합니다."

“몰랐습니다. 정말 죄송합니다.”

병학이 관리인을 따라서 축사 밖으로 발길을 돌렸다.

“연구원이십니까?”

관리인은 위아래로 병학을 훑어보았다.

“아니요. 연구원 형입니다. 권병윤이라고 아세요?”

“아! 병윤 군 형이십니까?”

관리인은 축사 문을 닫더니 보호 헬멧을 벗었다. 문의 높이는 사람의 허리 정도였고, 문을 닫았다고 해도 위쪽은 밖과 통해 있었다. 축사 자체가 밀폐되지 않는 구조였다. 이렇게 공개된 축사에 비하면 관리원의 복장은 지나치게 느껴질 정도였다.

“네, 맞습니다.”

“방문록에 서명하시고, 복장을 착용하시면 들어가실 수 있습니다. 가서 보시겠어요?”

“꼭 그 복장을 입어야 하나요?”

“네. 병균에 오염되지 않게 관리하는 중이라서요. 복장은 대여해드립니다.” 관리인도 복장이 과하다고 생각했는지 급하게 덧붙였다. “옷을 입는다고 얼마나 보호되는지는 모르겠지만, 이게 매뉴얼이라 시키는 대로 해야 합니다.”

병학은 다시 축사 출입을 할까 고민했다. 하지만 밖에서도 충분히 돼지 구경이 가능했고, 굳이 안에서 확인할 일은 없었다. 그보다 병윤을 아는 관리인을 만났으니 이 사람에게 묻는 편이 좋을 듯했다.

“보호복은 괜찮습니다. 말씀도 안 드리고 들어가서 죄송해요.”

“아닙니다. 누가 들어가도 이상하지 않은 곳이죠.”

관리인이 축사를 가리키며 웃었다. 그의 말처럼 축사는 꽤나 허술한 시설이었다. 공개된 창문 때문인지 체험 농장과도 같은 분위기를 풍겼다.

“실례가 안 된다면 잠깐 여쭤봐도 될까요?”

“그러시죠.”

관리인은 시원시원하게 대답했다.

“여기 병윤이가 키우는 돼지가 있다고 들었는데요. 사실입니까?”

“맞습니다. 저놈이죠.”

관리인이 미니 돼지 한 마리를 가리켰다. 아까 유심히 보았던 강아지처럼 뛰어다니는 녀석이었다.

“저 한 마리인가요?”

“원래는 두 마리였는데 얼마 전에 한 놈이 죽었어요.”

“둘을 병윤이가 맡아서 키웠다는 말이죠?”

생각할수록 이상했다. 동생이 동물을 맡아서 기르는 모습이 상상되지 않았다.

“그렇습니다. 뭐 관리까지는 아니고 먹이를 주는 정도지만요.”

관리인은 호탕하게 웃음을 지었다.

“자꾸 여쭤봐서 죄송합니다. 동생이 뜬금없이 돼지를

키우는 게 이해가 되지 않아서요."

"병윤이야 원래 정이 많지 않습니까? 원래도 사육장 관리를 잘 도와주었습니다. 돼지에 대한 애정이 저보다도 클 정도로요. 한 마리가 죽었을 때도 어찌나 슬퍼하던지."

"돼지가 죽어서 슬퍼했다고요?"

동생은 매주 삼겹살을 먹을 정도로 고기를 좋아한다. 돼지 한 마리 때문에 슬퍼하는 모습이 그려지지 않았다.

"네. 한 놈이 원래 아팠거든요. 좌우 구분을 잘 못 하고 픽픽 쓰러져서 병윤이가 열심히 돌봐줬는데도 얼마 못 가 죽더라고요. 그때 병윤이가 어찌나 입술을 물어뜯는지, 슬픈 걸 억지로 참는 게 안쓰러울 정도였습니다."

"선배!"

은정이 축사를 반 바퀴 돌아 병학의 옆으로 왔다.

병학은 손을 흔들고는 원래의 질문을 계속했다.

"그런데 왜 동생이 안락사할 돼지들을 키웠을까요? 자꾸 같은 걸 여쭤봐서 죄송합니다. 동생은 돼지를 잡아먹는 쪽이 어울리거든요."

"먹을 수는 없는 돼지죠. 평범한 돼지들 같아 보이지만 사실 특별한 점이 많습니다."

관리인이 미니 돼지 한 녀석을 가리켰다. 겉보기에는 작은 크기의 돼지 그 이상도 이하도 아니었다.

"어떤 점이 말입니까?"

"이 녀석들 몸 안에 사람 장기가 있거든요. 애초에 태어나기 전부터 사람의 유전자를 주입해서 키우는 것이죠. 그런데 장기가 잘 자리 잡지 않았거나, 장기의 크기가 너무 크면 안락사를 시킵니다.

그런데 안락사 자체가 흔한 일이 아니에요. 애초에 사람 유전자를 받아들이지 못한 돼지들은 태어날 수가 없기 때문에, 일단 태어난 돼지들은 자연사할 때까지 연구된다고 보시면 됩니다. 병윤이가 실험실에 들어오고 첫 번째 안락사였죠. 그 두 마리가 말입니다. 그동안 연구를 하면서 돼지에 애정을 가지게 되었나 봐요. 안락사를 할 거면 자기가 키우겠다고 하더군요."

"아까 한 마리가 죽었다고 하셨지요."

병학이 조심스럽게 말을 꺼냈다.

"그랬습니다."

"어떻게 죽었는지 상황을 설명해주실 수 있나요?"

"어느 날 멀쩡하던 애가 픽 쓰러져서 죽었습니다. 여기 돼지들이 그렇게 갑자기 죽는 녀석이 많습니다. 애초에 정상적인 애들이 아니라 그런가 봅니다."

갑자기 픽 쓰러져서 죽었다.

병학은 의심이 들기 시작했다. 동생이 굳이 돼지를 키운 이유를 생각해보았다. 애정 때문은 말도 안 되는 소리였다. 혹시 돼지에게 약품을 시험해본 것이 아니었을까? 픽 쓰러져 죽었다는 돼지는 합리적인 의심을 가능하게 했다. 돼지가 마치 최기정처럼 어느 날 갑자기 사망했다.

"병윤이가 돼지한테 주사를 놓지는 않았나요?"

"전혀요. 놓을 필요가 없습니다." 관리인은 무언가 생각났는지 급하게 덧붙였다. "그런데 제가 모르는 때에 놨을 수도 있겠네요."

"왜 그렇게 생각하십니까?"

"저번에 병윤이가 주사를 들고 있는 모습을 본 것 같군요."

"혹시 그 주사에 뭐가 들어 있던가요?"

병학의 심장이 두근거리기 시작했다.

"그것까지는 모르겠습니다."

"혹시 노란색 액체는 아니었습니까?"

병학은 관리인이 맞는 정답을 말해주기를 빌었다. 최기정이 죽기 전에 동생이 돼지에게 시험을 해봤다는 생각이 떠나지 않았다. 대화를 나눌수록 오히려 가설이 굳건해졌다. 병학은 흥분을 억누르며 답변을 기다렸다.

"그랬을 수도 있지만, 저는 본 적은 없습니다."

관리인은 기대와는 다른 대답을 했다.

그런데 가만히 서 있던 은정이 끼어들었다.

"선배, 잠시만요."

그녀는 병학을 잡아끌었다. 옆에서 잠시 대화를 하자는 신호였다.

"그럼 필요하시면 관리실로 방문해주십시오."

관리인은 인사를 남기고 돌아갔다.

“알겠습니다.”

병학은 떠나는 관리인의 뒷모습을 향해 고개를 숙였다. 일단 보내기는 했지만 아직 전부 알아내지 못한 것 같아 아쉬움이 들었다. 돼지를 어디에 묻었는지 물어볼 걸 그랬다. 죽은 돼지에 동생의 흔적이 남았는지 알아볼 수 있을 것이다. 그렇게 후회 아닌 후회를 하고 있는데, 은정이 상기된 얼굴로 목소리를 키웠다.

“선배, 노란 액체는 왜 물어봤어요?”

“병윤이랑 관련이 있나 궁금했어.”

“그러니까 왜 하필 노란 액체예요?”

“걔가 만들었다는 약이 노란 액체거든.”

그 대답에 은정은 두 손으로 입을 가렸다. 그러더니 다시 팔을 쭉 뻗어 연구실이 있던 건물을 가리켰다.

“저기 안에 있어요!”

“무슨 소리야?”

“제가 냉장고 안에서 봤어요!”

은정이 소리쳤다.

“뭘 봤다는 말이야?”

“연구실 안에 있던 냉장고를 열었는데 노란 액체가 빼곡하게 꽂혀 있었어요. 라벨에 사람들 이름이 붙어 있었는데, 병윤이 이름도 있었고요.”

“정말 노란색 액체가 맞아?”

“맞아요. 정확히 노란색은 아니었고 층이 분리된 느낌

이긴 했는데요. 위쪽이 조금 투명하게 말이에요."

병학도 놀라고 말았다. 동생이 가져왔던 노란 액체도 층이 분리된 상태였다.

"그러니까 아래쪽은 노란색이고 위는 투명했다는 말이지?"

"맞아요. 작은 양이긴 했지만 분리되어 있었어요."

그녀가 설명하는 것은 동생의 아이스박스에 들어 있던 액체와 정확히 같았다. 병학이 허무하게 놓쳐버렸던 증거 말이다.

"지금 가보자. 다시 돌아가자."

병학이 은정의 손목을 끌었다. 발걸음을 서둘렀다. 바로 눈앞에 열쇠가 다시 나타났다. 몇 걸음이면 찾아 헤맸던 비밀의 정체를 알 수 있었다. 병학의 마음이 조급해졌다.

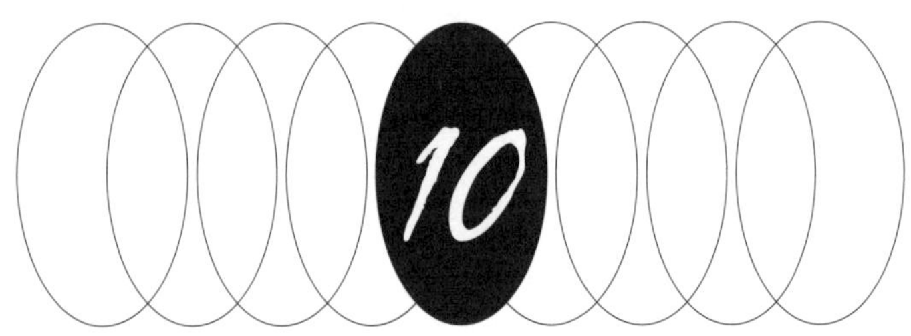

　언제나 처음은 쉽다. 쉽기 때문에 놓쳐버리고 만다. 처음에는 병학도 쉽게 잡을 수 있었다. 동생의 아이스박스에 들어 있던 노란 액체도, 실험실 냉장고 안에 떡하니 들어 있던 노란 액체도, 실제로 손에 쥐었고 마음만 먹으면 확인할 수 있었다.

　오히려 너무나 쉬워서 대수롭지 않게 넘겨버렸다. 쉽게 손에 닿아 얼마나 중요한지를 알지 못했다. 항상 그곳에 있을 줄 알고 잡으려는 시도도 하지 않았다.

　병학이 다시 동생의 연구실을 방문했을 땐 아까와 상황이 많이 달랐다. 두 명의 연구원은 처음보다 경계를 하는 얼굴로 병학을 쳐다보았다. 언제라도 '왜 또 오셨냐'는 질문을 던질 것만 같은 의아한 표정이었다.

심지어 연구실에는 또 다른 사람들도 있었다. 특히나 실장 같아 보이는 나이 많은 남자가 앉아 있었는데, 그는 대놓고 병학을 경계했다.

"손대시면 안 됩니다."

병학이 잠시 책상에 기대기만 했을 뿐인데도, 실장은 과도하게 반응을 했다. 그런 와중에 쪽문을 넘어가 질소 냉동고를 열어서 노란 액체를 꺼내온다는 것은 불가능했다. 아니, 애초에 문을 넘어갈 수 있는 상황도 아니었다.

"휴대폰이 없어져서요. 여기 놓고 간 것 같은데……."
병학은 적당히 말을 지어냈다.

쪽문 근처에는 가보지도 못하고, 조금 전 병학이 앉았던 의자 주변만 확인할 기회가 주어졌다. 병학은 주머니 속 휴대폰이 울리지 않기를 바라면서, 울며 겨자 먹기로 의자 주변을 수색해야 했다. 냉동고를 열고 통을 꺼내면 되는 단순한 일이, 세상에서 제일 어려운 일이 되어버렸다. 그렇게 사람들의 감시 속에 병학이 무의미한 수색을 마쳤다.

"제가 착각을 했나 봐요. 혹시나 휴대폰이 발견되면 연락 부탁드립니다."

병학은 거짓말이 걸리지 않기를 바라며 연구실을 빠져나왔다. 발길을 돌리는 그의 마음은 무거웠다.

자동차로 돌아와 은정에게 상황을 설명했다.

"그럴 줄 알았어요."

은정은 대수롭지 않게 반응했다. 당연히 병학이 못 할 줄 알았다는 것이다.

"그런 거였어? 이게 유일한 방법이라고, 무조건 성공해서 오랬잖아."

"그렇게 말해야 선배가 열심히 움직이잖아요."

"실패할 줄 알았으면 나를 왜 보낸 거야?"

"혹시 되나 찔러본 거예요. 그러다 얻어걸릴 수도 있으니까요."

모든 기회를 쉽게 놓쳤던 병학이지만, 유일하게 손에 쥐고 있는 게 있었다. 바로 무슨 일이든 그를 도와주는 은정이라는 사람이었다.

"그럼 이제는 어떡하면 좋을까?"

"저녁 시간을 노리는 게 좋겠어요. 알아보니까 여기서 학생식당이 걸어서 10분 거리더라고요. 다들 저녁을 먹으러 갔을 때 몰래 들어가봐요."

은정은 별일이 아니라는 듯이 차분한 태도였다. 덕분에 병학도 안심할 수 있었다.

"배고프지는 않아? 오늘 아무것도 못 먹었잖아."

어느새 오후 4시가 넘어서고 있었다.

"저 원래 주말에 잘 안 먹어서 괜찮아요."

"일만 끝나면 내가 거하게 살게."

"알겠어요."

"한 번이 아니라 여러 번 살게."

"당연하죠. 될 때까지 몇 번이고 얻어먹을 테니까 그렇게 아세요."

항상 소년같이 보였던 은정이 지금은 양반집 막내딸 같았다. 그녀의 새초롬한 눈초리가 밉지만은 않았다.

"그렇게 해."

은정과 단둘이 차에서 기다리기를 30분쯤, 드디어 연구원들이 건물 밖을 빠져나오는 모습이 확인됐다. 슬리퍼를 신고 여럿이 움직이는 것을 보니 모두 다 함께 식사를 하러 가는 것으로 추정되었다. 연구원들이 충분히 멀어지는 걸 목격하고 나서야 은정이 행동에 나섰다.

그녀는 잽싸게 차에서 내려 건물 안으로 들어갔다.

"같이 가!"

병학도 그녀를 따랐다.

연구실 문은 도어록으로 잠겨 있었다. 병학이 휴대폰 플래시를 켜서, 비밀번호를 입력하는 판에 요리조리 비추어 보았다. 빛을 이용하면 자주 누른 번호를 알 수 있다고 배운 것이다. 하지만 모든 번호가 정확히 같은 모양이었다. 각도를 다르게 비추어도 별다른 특이점이 보이지 않았다.

"연구실에서 비밀번호로 자주 쓰는 번호가 뭐야?"

병학이 물었다.

"보통 교수님 생일이나, 연구원 생일을 돌아가면서 하

기도 하고요."

그 말에 병학은 동생의 생일을 비밀번호로 입력했다.

"안 열리네."

다른 번호로도 시도해보았지만 문은 열릴 생각을 하지 않았다.

"전혀 안 열리는데 어떻게 하면 좋을까?"

"……."

병학이 비밀번호를 찾는 것에 열중하고 있는데, 어느 순간부터 은정이 보이지 않았다. 잠시 후 어디를 다녀왔는지 복도 끝에서 쫄래쫄래 나타났다.

"나 혼자 남겨두고 어디를 다녀왔어?"

"하나하나 맞추면 문을 언제 열어요. 제가 가서 키 받아왔어요."

은정은 마스터키를 들고 있었다.

"어떻게 얻은 거야?"

"경비원한테 받았어요."

"순순히 넘겨줬어?"

"네, 놓고 왔다고 하면 원래 확인도 안 하고 다 빌려줘요. 대학교 연구실에 도둑이 작정하고 쳐들어오는 일은 없으니까요."

은정이 자물쇠에 마스터키를 댔다. 자석이 맞닿자 너무나 쉽게 문이 열렸다.

병학은 문을 열고 들어가려다 문득 걱정이 들었다.

"그러면 우리가 온 걸 아는 거 아니야?"

"당연히 옆 호실이라고 말했죠. 원래 마스터키는 하나로 모든 문이 다 열리거든요."

은정은 아무렇지 않게 대답했다. 생색도 내지 않는 모습이 인상적이었다.

오늘 내내 느꼈지만 특히나 지금, 병학은 은정을 데려와서 천만다행이라고 생각했다. 분야는 달라도 같은 연구원이라 병학과는 아는 정도가 차원이 달랐다. 또한 은정의 기본 센스가 좋은 것도 한몫했다. 병학 혼자였다면 침입은 불가능했을 것이다.

은정이 금방 마스터키를 경비실에 돌려주고 왔다. 연구실로 들어가 냉동고로 직행했다. 문을 여니 그 안에는 병학이 그토록 찾아 헤맨 노란 액체가 정체를 드러냈다.

빨간 플라스틱으로 된 홈에 엄지손가락만 한 샘플 통이 빼곡히 꽂혀 있었다. 각각의 통에는 노란 액체가 가득 담겨 있었는데, 뚜껑에 라벨이 붙어 있었다. 은정은 거침없이 병윤의 이름이 새겨진 통을 꺼내 들었다. 열 개 남짓한 통이 동생을 위해 할당되어 있었다. 그중에서도 은정은 제일 앞과 뒤에 있는 통을 챙겼다.

"이거 얼어 있네요."

은정이 통을 흔들었다. 액체임에도 아무런 흔들림이 없는 것이 꽁꽁 언 상태였다.

"아! 아까 병윤이가 해동기를 썼다고 했어."

조금 전에 연구원들이 해준 말이 기억났다. 오늘 아침에 동생이 실험실에 와서 무엇을 녹이고 갔다고 했다. 그것이 노란 액체일 것이라는 확신이 들었다.

"세 개가 빈 걸 보니까 오늘 녹여서 가져간 걸 수도 있겠네요."

은정은 냉동고 속에 빈 부분을 가리켰다.

"확실히 그런 것 같아."

"해동기는 어디 있는지 아세요?"

"저쪽에 있어."

병학은 조금 전 연구원이 알려주었던 해동기를 가리켰다. 그러고는 마치 자신의 연구실인 양 능숙하게 장비 사용법을 안내했다. 조금 전에 시간을 때운다고 배워둔 보람이 있었다.

노란 액체가 담긴 통을 장비 안에 넣었다. 장비가 굉음을 내며 움직이기 시작했다. 몰래 들어온 처지와는 어울리지 않는 소음이었다. 병학은 본능적으로 주변 눈치를 보았다.

"5분도 안 돼서 끝날 거예요. 급속 해동기거든요."

"그런데 꼭 여기서 해야 하는 거야? 누가 들어올까 봐 걱정되네."

이렇게까지 소리가 클 줄 몰랐다.

"죄송해요. 제 연구실에는 해동기가 없어서요."

"아니면 가는 길에 저절로 녹을 것도 같은데 말이야."

“그건 안 돼요. 급속 해동을 해야지만 원래대로 돌아와요. 천천히 녹이다가 변형이 올 수 있으니까요. 뭔지는 모르겠지만 층이 분리되는 걸 보니 원상태를 유지하는 게 좋아요.”

병학이 고개를 끄덕였다. 그리고 군말 않고 조용히 장비가 끝나기만을 기다렸다. 모를 때는 은정의 말을 따라가면 되었다. 지금 그녀보다 믿음직한 사람이 없었다.

창문 밖을 살피고 있으니, 정말로 5분도 되지 않아 빠르게 해동 작업이 완료되었다.

“제가 돌아가서 검사해보고 연락드릴게요.”

은정은 샘플 통을 주머니 안에 챙겼다.

“고맙다. 정말로 고마워.”

병학은 왜 이렇게까지 도와주는지 의문이었지만, 그저 은정이 엄청 착한 사람이라고 결론을 내렸다.

“아니에요. 나중에 꼭 밥 사주셔야 해요.”

“열 번도 더 사줄게.”

은정의 볼이 분홍색으로 변했다. 그녀는 헛기침을 하더니 동생 이야기를 꺼냈다.

“집에 가셔서 병윤이 만나면 혼 좀 내주세요.”

“무조건 그럴 거야.”

그것은 병학이 하고 싶은 말이기도 했다. 하루 종일 동생 때문에 생고생을 해서 진이 빠질 정도였다.

“제 몫까지도 혼내주셔야 해요.”

“알았어. 꼭 그렇게.”

병학은 진심을 다해 대답했다. 같은 생각을 하는 사람이 있다는 것만으로도 위로를 받는 기분이었다.

두 남녀가 주변을 살피며 조심스럽게 건물을 빠져나왔다.

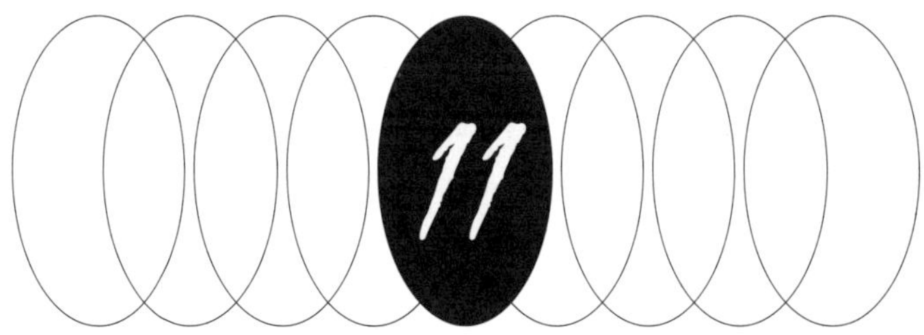

해가 저물고 나서야 병학이 집에 도착했다. 현관문을
연 순간 엄마가 기다렸다는 듯이 달려왔다.

"어디를 다녀온 거야? 연락도 안 받고."

"죄송해요. 친구랑 있어서 휴대폰을 못 봤네요."

하루 종일 바쁘게 움직이느라 휴대폰을 주머니에 파
묻어놨다. 이제야 확인하니 부재중 전화가 많이 와 있었다.
전부 엄마에게서 걸려온 전화였다.

"갑자기 사라지면 어떡해. 권사님이 선 자리 주선해주
신다고 기다렸는데."

"선은 됐어요." 병학은 거절하며 어쩐지 은정의 얼굴
이 스쳐 지나갔다. "그것보다 더 중요한 일이 있어요. 병윤이는 집에 들어왔어요?"

"왜?"

엄마는 보초를 처음 서는 병사처럼 눈초리를 세웠다.

"제가 오늘 가서 조사를 했어요. 도대체 병윤이가 학교에서 뭘 하고 다니나 궁금해서요. 근데 알아보니까 심각하더라고요."

병학은 겉옷을 벗어두고 소파에 앉았다. 그러자 엄마가 졸졸 따라와 옆자리를 차지했다.

"뭐가 심각한데?"

"먼저 병윤이랑 둘이 이야기를 해볼게요."

"지금 집에 없어. 나한테 말해봐. 뭐가 심각해? 사람을 죽인 게 맞다니?"

엄마의 얼굴도 점점 심각해졌다.

"비슷해요."

조금만 기다리면 은정에게서 연락이 올 터였다. 이제 동생이 진짜 살인을 했는지, 했다면 어떻게 사람을 죽인 건지, 진실을 알게 될 것이다.

"비슷하다는 게 무슨 말이야?"

"엄마는 걱정 놓고 계세요. 제가 교육을 제대로 시킬 테니까요."

그러자 엄마가 병학의 팔을 붙잡았다.

"그러지 말아라."

"뭐를요?"

“동생한테 그러지 말아.”

엄마는 고민하더니 조금 전 있었던 일을 말해주었다.

“아까 병윤이가 왔길래 내가 얘기를 해봤어. 그랬더니 걱정할 필요가 없겠더라고. 편지에 대해서 추궁하니까 병윤이가 사실은 장난이라더라.

잠깐 네 동생이 장난을 친 것 같은데 이제는 괜찮을 거야. 그러니까 병윤이 때문에 너무 스트레스받지 말아.”

엄마가 다독였다. 하지만 이야기를 들은 병학은 황당하기 그지없었다.

“이제 와서 장난이라는 게 말이 돼요?”

“사실이 아니라는 걸 어떡하니.”

“엄마는 그 말을 믿으세요?”

“병윤이가 그럴 사람도 아니고, 믿을 수밖에 없지.”

엄마의 믿음에는 근거가 없었다. 결국 가만히 말을 듣고 있던 병학의 언성이 높아지고 말았다.

“그렇게 감싸주니까 애가 자꾸 버릇이 나빠지는 거예요. 엄마가 그랬잖아요. 그런 장난을 왜 치냐고요. 형을 죽인다는 장난을 왜 치겠어요?”

그러자 엄마의 언성도 같이 높아졌다.

“네가 그랬잖아. 그 나이 때 애들은 형을 이기고 싶어 한다고. 아직 어리잖아. 철없는 장난이지 뭐.”

스물여섯은 절대 어린 나이가 아니었다. 편지를 쓰며 장난이나 치고 있을 나이가 아니다.

찬장에 떡하니 놓여 있는 안동 소주만 봐도 그랬다. 술 안에는 분명 수면제가 들어 있었다. 병학이 혹시라도 모르고 마셨으면 잠든 채로 끔찍한 일을 당할 수도 있었다.

"엄마, 저도 장난이라고 믿고 싶지만 사실이에요."

"장난 맞다니까. 네 말대로 사실이었다면 지금 형사가 오고 난리가 났겠지. 어떻게 아무한테도 안 걸리고 사람을 죽일 수가 있겠어?"

확실히 형사한테도 안 걸렸다는 점이 이상하긴 했다.

"그건 그렇지만……."

"내가 약에 대해서 추궁하니까 그런 건 없다고 털어놓더라."

"약이 없다고 자기 입으로 말했어요?"

"그랬다니까."

노란 액체를 눈으로 확인하고 온 병학이지만 엄마의 계속되는 설득에 혼란이 왔다.

"정확히 뭐라고 했는데요?"

"꼬치꼬치 캐물으니까 자기가 그런 약을 어떻게 만들겠냐면서, 편지가 장난이라고 그랬어."

"왜 이제 와서 말을 바꿨대요?"

갑자기 변한 동생의 태도가 납득되지 않았다.

"형이 알 줄 모르고 장난친 건데, 병학이 너도 이미 알고 있다고 하니까 놀라서 사실대로 털어놓더라."

엄마의 말을 어디까지 받아들여야 할지 알 수 없었다.

그때 혼란을 잠재워줄 문자가 한 통 도착했다.

'선배, 지금 통화 가능하세요?'

은정의 연락이었다.

"엄마, 잠시만 전화받고 올게요."

병학은 베란다로 나갔다. 엄마가 거실에서 훔쳐보는 시선을 무시하며 베란다의 문을 닫았다. 곧바로 휴대폰을 들고 은정에게 전화를 걸었다.

"여보세요."

병학은 최대한 작게 목소리를 냈다. 손으로 입을 가리고 입 모양도 보이지 않게 했다.

"선배?"

"은정아! 분석은 끝났니?"

"제가 확실하게 알아냈어요. 걸리지 않는 약이 뭔지도 말이에요."

병학은 자신도 모르게 만세를 외칠 뻔했다. 겉돌기만 하던 의문에 드디어 해답을 찾았다.

"그런 약이 있기는 했던 거야?"

"병윤이가 머리를 썼더라고요."

"어떻게 말이야?"

어서 결과를 듣고 싶었다. 병학은 숨을 죽이고 은정의 대답을 기다렸다.

"노란 액체는 약이 아니었어요."

"그러면?"

“암세포였어요.”

뭐라고 반응을 해야 할지 몰랐다. 암세포가 어떻다는 건지 이해하지 못했기 때문이다. 그러자 은정이 친절하게 상황을 설명해주었다.

“그러니까 노란 액체는 일종의 뇌 암세포인데요. 이걸 돼지한테 주입할 생각이었나 봐요. 암세포를 뇌종양으로 발전시켜서 죽이는 방법이죠.”

“그러니까 암을 만들어주는 거야?”

“그런 셈이죠.”

“약이 아니라 암을 만들어줘서 죽인다고?”

“네, 이렇게 하면 아무한테도 안 걸리거든요.” 은정의 목소리가 흥분으로 떨렸다. “만약에 이 방법을 사람한테 썼다면 부검에서도 안 걸려요. 아무도 암이라는 병을 다른 사람이 만들어준 것이라고는 생각 못 할 테니까요. 그저 뇌종양으로 인한 병사로 처리되겠죠.”

병학은 최기정의 사인을 떠올렸다. 그는 급성 뇌출혈로 사망했다.

“그러면 암세포를 주입하면 급성 뇌출혈이 발생하기도 하니?”

“정확히 맞아요. 암세포가 자리를 잡아서 혈관을 막아버리니까요.” 은정은 기쁜 목소리로 덧붙였다. “병윤이 녀석이 아주 머리를 썼어요. 이렇게 하면 안 걸릴 줄 알았겠죠. 저희가 미리 찾아낼지 모르고요.”

그녀는 병윤이가 행동하기 전에 막은 것이 기쁜 듯했다. 하지만 이미 살인을 저질렀다는 걸 알게 되면 어떤 표정을 지을지 상상도 하고 싶지 않았다.

"그런데 암세포를 넣는 게 정말로 가능한 거야?"

확신에 찬 은정과 다르게 병학은 들어도 이해가 되지 않았다.

"당연하죠."

"암세포를 어떻게 만드는데?"

"그래서 병윤이가 줄기세포 연구실로 옮긴 거예요. 줄기세포는 일종의 만능 세포인데 암세포로도 변할 수 있거든요. 사실 암세포로 변할 위험이 높다는 게 지금 학계의 골칫거리이기도 해요. 줄기세포로 치료를 하고 싶었는데, 암세포를 주입하는 일이 발생할 수도 있으니까요."

은정은 여전히 신난 목소리로 말을 이어나갔다. 새로운 것을 발견했다는 사실이 기쁜지 줄기세포에 관한 이야기를 늘어놓았다.

"잠시만, 그러면 연구실 사람들은 왜 막지 않은 거야?"

"다들 몰랐겠죠. 눈으로 봐서는 액체가 줄기세포인지 암세포인지 알 수 없거든요."

병학은 충격을 넘어서 허탈한 마음까지 들었다. 머릿속이 백지가 되고 오로지 하나의 생각만이 가득 떠올랐다.

'동생이 나에게 암세포를 주입하려고 했다.'

굳이 병학에게 암세포를 주입하려고 했다.

병학은 동생과 친한 편은 아니었다. 그렇지만 사이가 나쁜 편도 아니다. 그저 적당히 예의를 지키는 형제 사이였고, 형으로서 나름 동생을 챙기기도 했었다. 생활비에서 남는 돈이 있으면 동생에게 용돈을 보내주고는 했던 것이다. 동생에게 관심이 많은 편은 아니었지만, 그가 아프면 제일 먼저 달려가 돌봐주는 정도의 사이는 됐다. 그런데 왜 병윤이가 악의를 품은 것인지 이해할 수 없었다.

병학은 은정과 통화를 적당히 마치고 거실로 되돌아왔다.

"무슨 전화니?"

엄마는 궁금한지 다시 병학의 옆으로 왔다.

"병윤이가 암세포로 사람을 죽인 거래요."

"그게 무슨 소리니?"

"병윤이가 사람한테 암세포를 넣었다고요. 저한테도 넣을 예정이고요."

"아니야. 병윤이가 왜 그러겠어."

"걔가 가지고 다니던 새 주사기 보셨잖아요? 그걸로 저를 죽일 거예요."

"잠시 진정해봐."

"저는 정말 이해가 안 돼요. 평범하던 애가 갑자기 왜 저렇게 된 건지 말이에요. 왜 굳이 저한테 그러는 건지 말이에요."

"침착하고 기다려보자."

"이 상황에서 어떻게 침착을 해요?"

"내가 다시 병윤이랑 이야기를 해볼게. 너무 스트레스 받지 말고 들어가서 쉬고 있어."

엄마는 작은 아들을 두둔하는 데에 온 신경이 쏠려 있었다.

"……."

"그리고 병학아, 경찰에는 절대 신고하지 말아라."

그녀에게 제일 중요한 것은 동생이 감옥에 가지 않는 것이었다. 엄마는 동생이 어떤 잘못을 하더라도 덮어줄 준비가 되어 있는 듯했다.

"엄마, 신고가 중요한 게 아니잖아요."

지금 중요한 것은 동생을 막는 일이었다. 누구도 다치는 사람이 없게 동생을 막아야 했다.

"그래도 절대 경찰에는 연락하지 마."

하지만 엄마의 생각은 달라 보였다.

"병윤이가 제게 선물로 준 술에 수면제가 들어 있었어요. 최악의 일이 벌어지면 어쩌려고요?"

"내가 막아준다니까."

"제가 자고 있을 때 당하면 아무도 모르는 건데, 무슨 수로 막을 수 있겠어요?"

"병윤이는 그럴 애가 아니잖아."

결국 병학은 설득하는 것을 포기했다.

“알았어요.”

병학은 체념 상태로 방으로 들어왔다. 우선은 문부터 잠갔다. 오래된 빌라여서 방문이 허름하기 그지없었다. 잠금장치도 몇 번 구멍을 찌르다 보면 금방 자물쇠가 풀릴 것 같았다. 자고 있을 때 동생이 마음만 먹으면 몰래 침입하기 충분해 보였다.

내일 철물점에 가서 잠금장치를 하나 장만해야겠다고 생각했다. 기왕 사는 김에 가정용 CCTV도 구매할까도 고민했다. 밤에 무슨 짓이 일어날지를 모르니, 확인 차원에서 설치해두면 도움이 될 것이다.

집 안에서 병학의 몸을 지켜줄 사람은 병학뿐이었다. 그는 혹시 모르니 형사의 번호를 알아두는 편이 좋겠다고 판단했다. 특히나 장례식장에서 만난 이학준 형사라면, 최기정을 죽인 사람이라는 말에 모든 일을 제치고 달려올 것 같았다.

수원경찰서에 전화를 걸어 이학준 형사의 번호를 물었다. 개인 휴대폰 번호까지는 알지 못했지만, 겨우 요구한 끝에 내선 번호는 들을 수 있었다. 병학이 휴대폰에 학준의 번호를 저장했다. 동일한 번호를 메모지에도 옮겨 적었다.

“엄마, 혹시나 무슨 일이 생기거든 꼭 여기로 전화해 주세요.”

병학이 거실로 나가, 집 전화 옆에 메모지를 꽂았다.

“신고는 안 된다니까.”

“신고하는 번호가 아니에요. 일을 도와줄 수 있는 친구 번호예요. 알았죠? 전화해준다고 약속해요. 그러면 안심이 될 것 같아요.”

엄마가 메모지를 들어 번호를 확인했다. 02로 시작하는 평범한 전화번호가 적혀 있었다.

“번호가 필요하겠니? 아무 일도 없을 거라니까.”

“혹시나 하는 거예요. 그 정도는 약속해줄 수 있죠?”

“알겠다.”

“꼭 전화해줘야 해요.”

병학은 다시 한번 당부의 말을 전했다.

“별일 없을 테니 너무 걱정하지는 말렴.”

“저도 알아요.”

더 이상 엄마와 대화를 하고 싶지 않았다. 병학은 괜찮다는 표정을 지으며 방으로 돌아왔다. 그의 마음속은 시커멓게 타 들어가고 있었다.

당장 내일 방문 자물쇠부터 장만해야겠다고 병학이 다짐했다.

Chapter

3

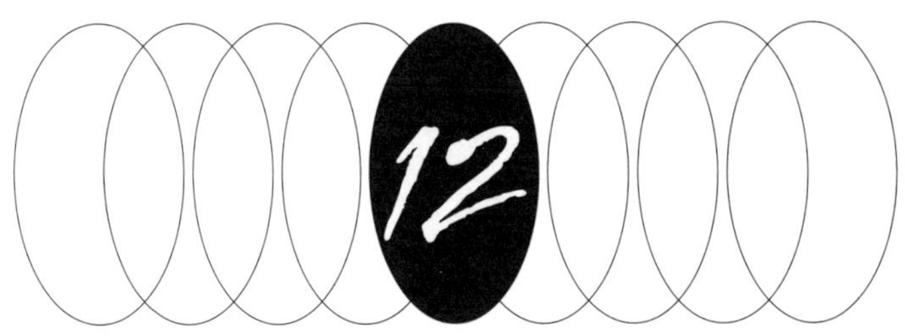

최기정이 죽은 지도 일주일이 지났다. 학준은 오늘따라 활기차게 경찰서 안을 뛰어다녔다. 마치 올림픽에 출전하는 운동선수처럼 같은 곳을 뱅글뱅글 돌며 마음을 다졌다. 그의 입꼬리는 묘하게 위로 솟은 모양새였는데, 금메달을 따놓은 당상이라는 듯한 자신감의 표현이었다.

오후 2시가 다가올수록 학준의 발걸음은 분주해졌다. 주문을 외우는 주술사처럼 같은 단어를 반복하며 웅얼거리기도 했다. 주변 팀원의 시선에는 아랑곳하지 않고 혼자만의 의식을 이어갔다.

"묻지 마 폭행범이나 잡아 와."

수사반장이 소리쳤다.

“걱정 마세요. 지금 하고 있어요.”

“범인이 제 발로 찾아오라고 하늘에다 빌고 있는 거야? 뭘 하고 있다는 거야?”

반장이 가열차게 외쳤다.

“미란이가 하고 있잖아요.”

학준은 제일 끝 쪽 책상을 가리켰다. 그곳엔 유도 선수 같아 보이는 여형사가 앉아 있었다.

미란은 반장과 눈빛을 교환하더니 고개를 절레절레 흔들었다.

“너 보고 이끌라고 했더니 신입이 끌고 가는 형국이다. 언제 철들래?”

“반장님, 부검만 확인하면 저절로 철이 들 겁니다.”

학준은 아랑곳하지 않았다. 이 정도 잔소리쯤은 귓등으로 흘릴 수 있는 짬이 된 덕분이었다. 그는 수사팀 사이를 요리조리 뛰어다니며 메일이 오기만을 기다렸다.

“저놈을 어쩐다.”

“그래도 30분 후면 조용해질 테니까요.”

미란이 반장을 다독였다.

“원래는 저렇지 않았어. 믿기지 않겠지만 한때 우리 팀 에이스였던 시절도 있었다고. 최기정을 붙여준 내 잘못이지.”

“부검 결과만 확인하고 나면 저에 대한 신뢰가 살아나실 겁니다.”

학준이 말을 받았다. 그의 자신감에 반장도 혀를 내두를 정도였다.

학준은 지금 최기정의 부검 결과를 기다리고 있었다. 어느 때보다도 가슴이 뛰는 순간이기도 했다. 8년이나 쫓던 조폭 최기정이 어느 날 길거리에서 혼자 죽어버렸다. 사망 사건으로 종결될 뻔한 일이었지만, 학준은 작은 단서를 놓치지 않았다. 최기정의 목뒤에는 분명한 살인 흔적인 주사 자국이 있었다. 학준은 끝까지 주사 자국을 물고 늘어졌고, 결국 부검까지 가게 되었다.

오늘 학준의 기분이 좋은 것도 당연했다. 부검 결과만 나오면 살인임이 밝혀질 게 뻔했다. 그동안 누구도 믿지 않았던 학준의 주장이 진실로 밝혀지는 날이 온 것이다.

정확히 오후 2시가 되었을 때 알림 소리가 수사실에 울려 퍼졌다.

"왔다!"

"깜짝 놀랐잖아."

옆자리에 앉은 형사 동기 성엽이 눈총을 주었다. 학준은 그를 가볍게 제치고 제자리에 착석했다. 책상에 앉아서 떨리는 마음으로 메일을 확인했다. 국립과학수사연구소로부터 온 메일이었다. 학준은 첨부된 파일을 클릭해 부검 감정서라는 이름의 문서를 열었다.

제일 위에는 사인이라는 글자가 적혀 있었다. 시체의 사인을 알아보기 위해 작성한 보고서라는 말이었다.

만 57세의 중년 남성이 수원시장에서 사망하였으며, 사인은……. 학준은 빠르게 스크롤을 내렸다. 과정 부분은 넘기고, 단번에 보고서 맨 끝 결론으로 도달했다.

"뭐야? 돌연사네?"

옆에서 함께 메일을 확인하던 성엽이 외쳤다.

"돌연사야?"

반장도 흥미가 생겼는지 학준의 자리로 다가왔다.

"여기 그렇게 써 있어요. 사인은 급성 뇌종양에 따른 뇌출혈로 돌연사라고요."

학준은 보고서를 몇 번이나 확인해보았지만 성엽의 말대로였다.

최기정은 돌연사로 사망했다. 외표에 사망할 정도의 손상이 없으며, 가지고 있던 특별한 병력도 없었다. 더불어 혈액에 약물과 독물이 검출되지 않아 돌연사로 결론을 내린 듯했다.

"저도 볼래요."

미란도 모니터 앞으로 다가왔다. 학준을 빼고 세 명의 팀원들이 사인에 대해 왈가왈부를 하기 시작했다.

"몸에서 나온 게 그러니까 술뿐인 거네."

"어디요?"

"여기 보면 알코올 검출이라고 써 있잖아."

"맞아. 최기정이 술을 엄청 좋아했잖아. 술 좋아하면 원래 급사하게 된다니까."

학준은 신경질적으로 스크롤을 올렸다. 모니터에서 알코올에 대해 언급했던 부분이 사라져버렸다. 학준은 다시 맨 처음으로 돌아가 부검 감정서를 꼼꼼히 살폈다. 그렇지만 어디에도 살인이라는 소견은 없었다.

참혹한 결과였다. 분명 목뒤에 주사 자국이 있다. 그런데 살인이 아니라니 어떻게 된 일이란 말인가.

"이게 말이 돼요?"

학준은 보고서에 주사라는 단어를 검색해보았다. 관련 내용이 없다는 안내문이 떴다.

"왜 없냐고! 목뒤에 그건 대체 뭐야? 단체로 나 놀리는 거야?"

성엽이 학준의 눈치를 보더니 슬금슬금 본인 자리로 돌아갔다.

"여기 있네요."

미란이 부검 감정서의 중간 부분을 가리켰다.

"뭐가?"

"목뒤에 피멍이 있긴 하지만 사망과는 관련이 없다고 나와 있어요."

"그게 말이 되냐고!"

학준이 책상을 내려쳤다.

"이제 그만해."

반장은 학준의 어깨를 감쌌다.

"아니, 반장님도 믿어주셨잖아요. 이 감정서가 맞다고

생각하시냐고요?”

“이 정도로 했음 됐어.”

학준은 포기하지 않았다. 컴퓨터에 저장해놓은 CCTV 동영상을 재생했다. 최기정의 집 앞을 찍은 영상으로, 아이스박스를 든 청년 한 명이 저택으로 들어가는 모습이 찍혀 있었다.

“이놈이 들어갔다 나오니까 최기정 목에 피멍이 생겼잖아요.”

“나도 알아.”

“그러면 당장 잡아다가 물어봐요. 무슨 짓을 했길래 피멍이 생겼는지요.”

반장이 대답 없이 고개만 저을 뿐이었다.

학준은 그가 최선을 다해 도와주었다는 사실을 알고 있었다. 불가능에 가까운 일이었지만 끝까지 부검 요청을 지원해준 사람이 반장이었다. 그의 결단이 없었으면 부검까지 가지도 못했을 것이다.

학준은 분명 확신이 있었다. 최기정이 살해당했다는 확신이 있었기에, 반장을 졸라서라도 부검을 진행했던 것이다. 진실을 밝혀 반장의 도움에 보답을 하려고 했다. 이런 결과를 맞이하게 될 줄 상상도 하지 못했다.

“이제 그만해요. 저랑 같이 폭행범이나 잡으러 가요.”

미란도 학준의 어깨를 감싸주었다.

“얘가 나오는 움직임이 아주 수상해, 수상했는데……”

　살인이라는 확신이 사라진 것은 아니었다. 그렇지만 면목이 서지 않았다. 반장은 이제 종결된 사건에 굳이 부검을 요구한 이유에 대해 설명해야 할 것이다. 여러모로 팀의 신뢰를 떨어트리고 말았다.

　"이제 다른 놈 잡으러 가자."

　반장이 위로의 말을 건넸다. 그의 얼굴에도 씁쓸함이 서려 있었다.

　그 얼굴을 보자 더욱 부끄러움과 미안함이 들었다. 믿어준 사람에게 실망을 안기는 기분은 끔찍하기만 했다.

　"아무래도 살인이 맞아."

　학준이 끝까지 자존심을 세워보았다.

　"못 들었어? 이제 그만하고 다음 사건 맡으라잖아."

　옆에서 성엽이 언성을 높였다.

　"살인이 맞아. 부검 결과를 받아 보니까 더 확신이 들었어."

　"그 똥촉 여전하네."

　성엽이 혀를 찼다.

　"제가 생각해도 어디를 봐도 살인은 아니에요."

　미란이 한마디를 보탰다.

　"아이스박스를 든 놈이 범인이야."

　학준은 고집을 굽히지 않았다. 모니터에 보이는 청년을 손으로 짚었다. 그의 촉은 이 남자가 범인임을 온몸으로 외치고 있었다.

미란이 가까이 다가와 남자의 모습을 유심히 살폈다.

"보면 입고 있는 옷이 수원대학교 과잠으로 보이는데요. 멀쩡하고 앞길 창창한 대학생이 왜 살인을 하겠어요. 제가 봤을 땐 살인이 아니에요."

"어째 김학준은 1년 차보다 못하냐?"

성엽이 면박을 주었다.

그런데 이상하게도 학준은 이유 모를 확신이 들었다. 분명 영상 속의 청년이 범인이다. 이유를 모르겠지만, 증거도 부족하지만, 저놈이 범인이라는 감이 왔다.

"봐도 봐도 확신이 들어."

"막내 말처럼 멀쩡한 대학생이 왜 최기정을 죽이겠어? 조폭을 죽일 이유가 있겠어?"

학준도 그 점이 마음에 걸렸다. 왜 어린 청년이 최기정을 죽였는가에 대해선 학준도 답을 찾을 수 없었다.

"나도 그게 공백인데, 나머지가 너무 확실해. 주사도 그렇고, 시간도 그렇고, 주위를 살펴보는 수상한 행동도 그렇고, 과잠에 어울리지 않는 아이스박스도 그렇고."

"그건 우기기밖에 안 되는 거야."

성엽이 옆에서 투덜거렸다.

둘의 논란을 잠재운 건 반장이었다.

"사건 종결한다." 반장은 학준을 보며 덧붙였다. "최기정은 놓아주고, 이제 막내 데리고 폭행범 잡아가지고 와."

"반장님, 딱 얘까지만 찾아볼게요."

학준은 영상 속에서 미련을 버리지 못했다.

"그때도 그랬잖아. 딱 부검까지만이라며. 이제 다른 사건으로 넘어가자."

"그러면 묻지 마 그놈 잡으면서 딱 애까지만 확인해볼게요."

반장이 한숨을 쉬었다.

"동기가 없는 살인은 없어. 그 아이한테는 아무런 동기가 없고, 그 말은 살인이 아니라는 거야."

"하지만……."

"폭력범 목격 제보가 나왔다. 지금 신림동 고시촌에 탐문 돌고 와."

"……."

"막내야. 학준이 끌고 다녀와라."

미란이 고개를 끄덕였다.

"가시죠."

미란은 외투를 챙겨 입고 학준을 끌고 가기 시작했다. 전직 유도 선수의 힘에 학준이 속수무책으로 끌려갔다. 결국 학준은 아쉬움을 뒤로하고 어쩔 수 없이 움직였다.

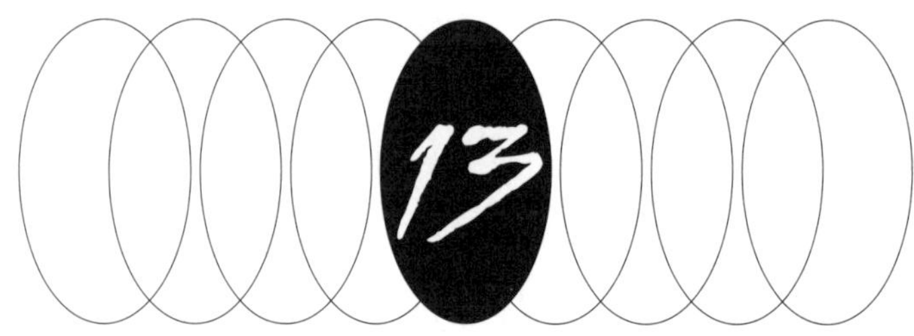

학준이 아반떼 조수석에 올라타자 미란은 기다렸다는
듯이 위로를 시작했다.

"헛짚을 수도 있는 거죠."

그녀는 안전벨트를 매고 운전대 위에 이미 손을 올려
놓고 있었다. 언제라도 출발할 수 있다는 신호를 보내는 자
세였다.

"동기가 없다는 게 확실히 걸려."

그에 비해 학준은 조수석에서 의자를 뒤로 젖히고 앉
아 있었다. 미란이 안전벨트를 하라고 눈치를 주었지만, 벨
트는커녕 차 문도 제대로 닫지 않았다.

"그렇죠. 최기정한테 척진 사람이었으면 수사 가닥이

라도 잡혔을 텐데요. 멀쩡한 대학생은 역시 죽일 이유가 딱히 없죠."

미란은 장점이 많은 신입 형사였다. 그녀는 어떤 말을 던져도 자연스럽게 받아내는 재주가 있었다. 형사과 신입답지 않은 눈치를 가진 덕분이었다.

그리고 미란의 또 다른 장점이 있었다. 혼자서도 사건을 척척 해결한다는 것이었다.

"나는 그놈을 찾아봐야겠어."

학준이 선언했다.

"어서 안전벨트 하세요."

불길한 기운을 느꼈는지 미란이 독촉했다. 그러나 문을 열고 뛰쳐나가는 학준을 막지는 못했다.

"먼저 탐문 돌고 있어! 나 최기정이네 들렀다가 바로 갈게!"

"또요?"

미란이 소리쳤지만 학준은 들은 체 만 체하며 열심히 달렸다. 그는 자신의 차를 미련 없이 넘기고, 주차장에 세워진 경찰차에 올라탔다. 몰래 방문하기에 적합한 차는 아니었지만, 수사도 못 하게 된 처지에 가릴 게 없었다.

살인 동기가 없다. 그 사실을 깨달았을 때 뒤통수를 한 대 맞은 것 같은 기분을 느꼈다. 여태껏 범인의 동기에 대해 생각한 적이 없었다. 최기정이 워낙 악독한 놈이어서 당연히 그를 죽이고 싶어 하는 사람이 많다고 추리한 것이다. 그런데 CCTV 속 청년은 상황이 달랐다. 그는 최기정과 관련이 있는 사람 같지 않았다. 무슨 사이길래 최기정의 집을 방문했는지 궁금해졌다.

언뜻 생각하기엔 그 정도로 왜소한 남자라면 최기정의 봉일 가능성이 있었다. 약한 놈만 괴롭히던 전적을 감안하면 합리적인 추론이다.

하지만 또 최기정이 대학생을 건드리는 것은 본 적이 없었다. 용의자가 무슨 관계인지만 찾아낸다면 전체 그림이 맞춰질 것만 같았다. 학준이 의욕을 세우며 경찰차를 출발시켰다.

수원경찰서에서 10분 거리에 위치한 단독주택 밀집 거리에 도착했다. 커다란 대문이 한 집 건너 있는 부자 동네였다. 길은 오르막이었지만 폭이 넓은 편이라 경찰차가 진입하기에 어렵지 않았다. 또한 집들마다 개인 주차장을 갖추고 있어, 갓길에 정차한 차량이 없는 것도 한몫했다. 학준은 어렵지 않게 단독주택 앞에 경찰차를 정차했다.

그가 차를 세운 장소부터 세 집 건너가 최기정의 집이었다. 학준이 경찰차에서 내려 주위를 어슬렁거리는데, 집 근처 아니랄까 봐 최기정의 부하와 마주쳤다.

학준은 먼저 조폭에게 손을 흔들었다. 그러나 조폭은 그저 형사를 째려보고 지나갈 뿐이었다.

"우리가 본 세월이 얼만데, 정이 없어요."

학준은 기다리는 김에 담배를 하나 꺼내 물었다. 편의점 카운터에 전시해놓았던 담배였다. 커피향이 난다는 신제품이라는 말에 혹해 구매를 했다. 그런데 담배 한 개비를 꺼내 물자마자 학준은 도로 숨을 거칠게 내뱉었다. 커피 맛이 아니라 썩은 구정물 맛이 났다. 담배가 이렇게 맛없을 수 있다는 사실이 놀라웠다. 그는 이미 불이 붙은 담배를 다시 입으로 가져다 댈 엄두도 못 내고 있었다. 이런 담배만 있다면 저절로 금연이 될 것 같았다.

그렇게 가로등 밑에서 시간을 때우는데, 앞집에서 장화를 든 30대 청년이 나타났다. 학준은 재빨리 담배를 비벼 끄고 청년에게로 달려갔다.

"오랜만입니다."

"형사님이시군요. 오랜만에 뵙네요."

그는 최기정의 집에 고용된 정원사였다. 정확히 말하면 화훼 관리사에 가까웠다. 앞집과 최기정네를 포함한 동네 몇 곳의 마당 관리를 맡고 있었다. 속사정을 잘 아는 편이기에 학준이 종종 신세를 지고는 했다.

"겨울이라 오늘은 안 오시는 게 아닐까 하고 걱정했습니다."

"제가 여기 있는 건 어떻게 아셨습니까?"

정원사가 놀란 눈으로 질문했다.

"이 동네에 동백꽃이 심어진 곳이 이 집뿐이라 혹시나 하고 와봤습니다."

　　정원사가 뒤를 돌아 집을 확인했다. 높은 벽에 막혀 내부가 보이지 않았으나 우뚝 솟은 동백나무는 선명히 고개를 내밀고 있었다.

　　"역시 형사님다우십니다."

　　"겨울에도 일이 많으신가 봅니다."

　　"겨울이야말로 바쁩니다. 겨울에 꽃이 시들지 않게 하는 게 어려우니까요."

　　"그 말을 들었던 기억이 납니다."

　　"특히나 동백꽃은 관리하기가 아주 어렵습니다. 동백꽃은 떨어지는 모양이 병사의 목이 잘리는 것 같다는 소리가 있습니다. 떨어진 동백꽃이 불길함을 상징하기에 바로바로 치우는 게 여간 힘든 일이 아닙니다."

　　정원사는 꽃 말고도 과일과 채소를 전문으로 관리했다. 그래서 최기정의 앞마당에 산딸기나무가 심어져 있다는 사실까지 알아낼 수 있었다.

　　"오늘은 또 무슨 일로 찾아오셨습니까? 이제 다시는 뵐 일이 없을 줄 알았는데요."

　　정원사가 고맙게도 먼저 질문을 해주었다.

　　"저도 다시 뵐 줄 몰랐습니다만……."

　　"아직도 질문할 게 남으셨습니까?"

　　정원사가 웃어 보였다. 8년 동안 학준은 그를 꽤나 끈질기게 괴롭혔다. 산딸기같이 굳이 필요하지 않은 정보들을 캐내느라 주기적으로 정원사에게 찾아갔던 것이다. 학준도 그 시절이 생각나 작은 미소를 짓고는 다시 심각한 표정으로 말을 이었다.

"딱 한 가지가 남았습니다."

"기꺼이 돕겠습니다."

"최기정의 집에 혹시 수원대학교 학생이 들어왔던 걸 기억하십니까?"

"언제를 말씀하시는 겁니까?"

학준은 CCTV로 확인한 일주일 전 날짜를 말했다. 그러자 정원사가 고개를 저었다.

"그날은 제가 집에 없었네요."

"그러면 전혀 기억에 없으십니까?"

학준은 어느 때보다도 간절했다. 거의 두 손을 붙잡고 기도를 할 기세로 정원사 앞에 서 있었다.

"하필 그날만 기억이 없습니다." 간절함이 전해졌는지 정원사가 조심스럽게 덧붙였다. "꼭 그날이 아니어도 된다면 다른 날은 얼마든지 얘기해드릴 수 있습니다."

다른 날은 소용이 없었다. 최기정이 주사를 맞은 그날의 방문자가 누구인지 알아야 했다.

"말이라도 감사합니다."

학준이 고개를 숙였다. 아쉬운 마음에 차마 자리를 떠나지 못하고는 재차 질문했다.

"그러면 혹시 그날의 상황을 기억할 만한 사람이 있을까요?"

"저는 거기까지는 모르겠네요."

그는 최기정의 부하가 아니라 정원사였다. 마당에서 일을 하는 동안 목격한 내용만 확인할 수 있었다. 오늘따라 그의 한계가 아쉽기만 했다.

"알겠습니다. 이야기 감사합니다."

학준이 인사를 끝으로 경찰차로 돌아가려는데, 정원사가 그를 붙잡았다.

"그런데 병윤이한테 무슨 일이 있나요?"

병윤, 학준은 머릿속으로 재빠르게 들어보았던 이름들을 살폈다. 하지만 한 번도 병윤이라는 용의자는 존재하지 않았다. 처음 듣는 이름이었다. 그날 방문한 수원대학교 학생의 이름일까?

"병윤이라고요?"

"네. 이제 주인님에 대한 문답이 끝났다고 생각했더니, 이번엔 병윤이로 옮겨가서요."

정원사의 눈이 초롱초롱하게 빛났다.

"병윤이라는 아이가 누구죠?"

"아까 말씀하셨던 수원대학교 학생이요."

아이스박스를 들고 나타난 그 남자였다. 학준이 다시 두 손을 모았다.

"걔가 최기정이랑 무슨 사이인가요?"

"말하자면 복잡하지만……, 일종의 예비 사위 같은 관계입니다."

최기정한텐 한 명의 딸이 있었다. 가영이라는 이름을 가진 스물여섯 살 여자였다. 예비 사위라면 가영의 남자 친구를 지칭하는 것이었다.

학준의 심장이 뛰기 시작했다. 드디어 용의자의 꼬리가 보이고 있었다. 예비 사위라면 분명 최기정이 봉으로 생각했을 것이다. 약한 놈만 괴롭히기 좋아하는 최기정이 제 발로 기어 들어온 왜소한 청년을 두고 볼 리가 없었다. 분명 어떠한 폭력적인 행위가 이루어졌을 것이고, 그에 따른 반발심으로 살인이 일어났을 것이 눈에 선했다.

"그 친구는 뭐 하는 사람인가요?"

"수의대 학생입니다."

마음속에 폭죽이 터졌다. 수의대라면 주사를 사용해도 이상하지 않다. 목뒤의 주사 자국도 설명될 수 있었다.

"수의대라면 주사도 쓰고 그러겠네요?"

"저는 잘 모르지만, 그렇지 않을까요?"

"그렇죠! 당연히 그렇겠죠."

학준이 주먹을 불끈 쥐었다. 확실히 하려는 마음에 정확한 질문을 던졌다.

"최기정이 얼마나 심하게 사위를 대했습니까?"

"심하게 대하다니요?" 정원사는 모르겠다는 표정이었다. "주인님이 예비 사위라면 껌뻑 죽었는걸요."

예상치 못한 답변에 학준은 당황하고 말았다.

"그러니까 좋아했다는 말입니까?"

"좋은 정도가 아니라 아주 마음에 들어 하셨어요. 어느 정도였냐면 가영 아가씨랑 동거하는 것까지 찬성할 정도였다니까요. 직접 학교 근처에다가 투룸을 잡아주기도 하셨죠."

"최기정이오? 그 최기정이 직접 집을 잡아줬다고요?"

"저도 그 소리를 듣고 깜짝 놀랐습니다. 병윤이가 어지간히 마음에 들었던 모양입니다. 저한테도 종종 꼴통 같은 딸이 어떻게 그런 남자를 물어왔냐고 자랑을 하실 정도였습니다."

사이가 좋은 정도가 아니라 아주 아끼는 관계였다니. 학준은 잠시 말문이 막혔다.

"아……, 놀랍네요."

"저도 놀랐습니다. 그런데 원래 주인님이 잔혹한 면이 있긴 해도 일단 마음에 들면 악착같이 챙기시잖아요."

"손찌검을 한 적이 없다는 거죠?"

"절대 없어요. 생일이라고 단둘이 여행을 주선할 정도로 아끼셨는걸요. 살아 계셨다면 모든 사업이 병윤이 손에 들어갔을 겁니다. 확실히 병윤이가 그만큼 괜찮은 사람이기도 했고요."

권총으로 어깨를 맞은 것도 모자라 확인 사살까지 당했다. 학준은 엄청난 낭패감이 들었다. 분명히 구린 냄새가 났다. 건강관리를 잘하던 조폭이 갑자기 죽은 점도 그렇고, 주사를 맞은 점도 그렇고, 의심스러운 점이 한두 개가 아니었다.

그렇지만 학준의 수사팀은 모두 살인이 아니라고 단언했다. 부검 감정서도 살인에 대한 증거가 없었다. 심지어는 살인을 할 동기도 없다. 이쯤 되니까 신봉했던 촉이 정말 똥촉이 아니었는가 하는 의심이 들었다. 최기정에 대한 단순한 미련 때문에 사건을 뒤틀어 보고 있는 것인가.

"병윤이라는 학생이 그렇게나 괜찮은 사람입니까?"

학준은 혹시 모르는 동아줄을 붙잡았다.

"물론이죠. 정이 많아요. 보통 저한테 친절하게 대해주기는 해도 자기 일처럼 나서주기는 쉽지 않거든요. 병윤이는 제가 면박을 당하고 있으니 자기 일처럼 나서서 막아주더군요."

예비 장인을 살해한 아이가 온정이 많다는 것은 성립되지 않는다. 학준은 CCTV 속 청년이 병윤과 다른 사람이 아닐까 추측했다.

"병윤이란 애는 어떻게 생겼죠? 체격이 어느 정도 될까요?"

학준이 동아줄을 당겨 확인을 했다. 아직 용의자에 대한 단서가 남아 있기를 바랐다.

"저한테 함께 찍은 사진이 있어요."

정원사는 휴대폰을 열더니 병윤과 함께 찍은 사진을 보여주었다.

마당에서 둘이 브이 포즈를 하고 있는 사진이었다. 병

윤은 키가 크고 왜소한 체격이었으며, CCTV 영상과 같은 과 잠바를 입고 있었다.

"왜소한 편이네요."

"맞아요. 왜소하다기보다는 조금 얇은 편이죠."

용의자와 너무나도 비슷한 모습이었다.

학준은 사진을 넘겨받아 얼굴을 확대해보았다. 그런데 그 순간 동아줄이 썩지 않았음을 직감했다. 무언가가 수상했다.

유심히 사진을 살폈다. 그리고 학준은 사진 속 청년의 얼굴이 익숙하다는 사실을 깨달았다. 어디서 본 듯했다. 기억이 날 듯 말 듯 간지러웠다.

"어디서 봤더라……."

"아는 분이십니까?"

학준이 갸우뚱거리자 정원사가 물었다.

"이 친구 성은 뭔가요?"

"권씨입니다. 권병윤이요."

들어본 적 없는 이름이다. 학준은 권병윤이라는 사람을 만난 적이 없었다. CCTV 영상으로도 얼굴까지는 자세히 나오지 않았기에 처음 보는 얼굴이어야 했다. 그런데 어째서 이토록 익숙한 걸까?

"질문이 끝나셨으면 저는 가봐도 될까요? 옆집 비닐하우스를 점검해야 하거든요."

"물론이죠. 시간 뺏어서 죄송합니다. 오늘 정말 감사했습니다."

"아닙니다."

학준은 마지막으로 정원사와 악수를 나누었다. 그리고 그의 손을 맞잡은 순간 불현듯 다른 악수가 스쳐 지나갔다. 장례식장에서 학준은 악수를 했다. 병윤과 똑 닮은 사람과 악수를 했다.

분명 그날이었다. 최기정의 장례식장, 덩치가 큰 남자가 학준의 술을 따라주었다. 병윤의 얼굴과 구분하기 힘들 정도로 똑같은 남자였다. 그렇지만 병윤과는 다른 사람이다. 병윤보다 몸이 튼실했다.

더불어 다음 기억이 이어져 밀려왔다. 장례식장의 남자는 분명 최기정에게 당한 피해자 중에 한 명이었다. 술에 취해 정확한 기억은 나지 않지만 장례식장에서 사과를 했던 기억이 났다.

완벽한 연결고리였다. 최기정의 피해자와 병윤이 연관이 있다. 이보다 더한 동기는 찾기 어려울 것이다. 학준은 휴대폰을 꺼내 미란에게 전화를 걸었다. 그리고 후배가 말할 틈도 안 주고 질문을 퍼부었다.

"장례식장에서 나랑 있던 남자 기억나? 그 사람 누구였지? 이름을 들었던 기억이 없는데, 누군지 알고 있나?"

그러나 돌아온 대답은 미란의 무덤덤한 목소리였다.

"탐문이나 오세요."

전화는 허무하게도 끊겨버렸다. 그리고 다시는 통화가

연결되지 않았다.

학준은 서둘러 경찰차에 올라탔다. 어서 미란에게 가서 이야기를 들어야 했다.

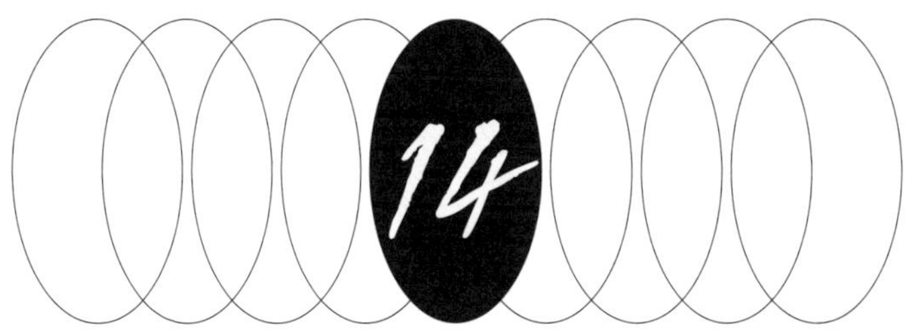

신림동 고시촌은 유독 음습한 분위기가 풍겨오는 기분 나쁜 거리였다. 해가 저물어가지만 간판 불빛이 밝아 길이 이질적으로 훤했다. 길거리에는 유독 트레이닝 복에 슬리퍼를 끄는 사람들이 많았는데, 대부분 눈에 초점이 사라진 모습이었다. 그들 손에는 모두 검은 봉지가 쥐어져 있었다. 아마 시간이 시간인지라 저녁 요깃거리로 추측됐다. 하지만 거리 분위기 탓인지 검은 봉투에 괜히 경계를 하게 만들었다.

주위를 둘러보니 패스트푸드나 도시락같이 간편식을 파는 가게들이 눈에 띄었다. 학준은 온 김에 저녁이나 사 가야겠다고 결심했다. 그러나 우선은 식당을 지나쳐 미란이 있는 곳으로 향했다.

서점과 고시원이 늘어선 좁은 골목길을 따라 익숙한 자동차를 발견했다. 그리고 차에서 내리자마자 미란의 면박이 시작되었다.

"탐문 수사를 하는데 저걸 끌고 오셨어요?"

미란은 경찰차를 가리켰다.

"금방 사라질게. 그 사람 이름만 알려줘. 알고는 있는 거지?"

"알죠." 미란이 고개를 끄덕였다. "장례식장에서 술 드실 때 저는 열심히 입구 지키면서 방명록을 살폈잖아요."

"그 사람 이름이 뭐니?"

"장례식장에서 같이 술 마시던 사람 말하는 거죠? 덩치가 꽤나 있는 사람이요."

"맞아. 걔!"

그런데 미란은 대답 대신 고시원을 가리켰다.

"이름이 뭐냐니까?"

"할 일부터 하시면 가르쳐드릴게요."

"나 지금 급해."

학준이 옴짝달싹하지 못했다. 머릿속에서 잡힐 듯 말 듯한 단서들이 날아다녔다. 어서 남자의 이름을 듣고 뒤를 캐고 다녀도 모자랄 시간에, 쓸데없는 곳에 시간을 버리고 싶지 않았다.

미란은 그런 학준을 향해 쏜소리를 했다.

"8년 동안 못 잡은 거 8분 늦는다고 별일 없어요."

그녀는 참으로 장점이 많은 사람이었다. 그러나 큰 단점이 있었다. 바로 학준을 혼내는 데 선수라는 것이었다.

"……."

학준이 할 말이 없어 입을 다물었다.

"탐문 먼저 하면 바로 알려드릴게요."

미란은 제멋대로인 형사를 다루는 방법을 정확히 알고 있었다.

그리고 괴팍하기로 유명했던 학준은 여자 파트너가 처음이었다. 그동안의 파트너들은 윽박을 지르기 바빴지, 미란처럼 학준을 구슬리는 사람이 없었다. 탐문을 해야 알려준다니, 엄마가 유치원생에게 내주는 숙제도 아니고 황당하기만 했다. 문제집을 풀어야 간식을 먹을 수 있는 꼴이 아닌가.

"이름 알려주면 순순히 탐문 같이 돌게."

미란은 그의 제안을 괘념치 않게 넘겨버렸다. 그러고는 힘으로 학준을 끌고 갔다. 유도 금메달리스트 출신의 힘과 기술은 감히 학준이 넘볼 수 없는 것이었다.

"그저께 사건 일어난 곳이 요기 앞 고시원이거든요?"

결국 학준은 순순히 미란을 따라갔다.

사건이 발생한 고시원에서부터 탐문 수사를 시작했다. 최근 한 달 사이에 고시촌에서만 묻지 마 폭행이 네 건 발생했다. 피해자는 전부 여자였으며, 그동안의 피해자들은 거리를 걸어가다가 폭행을 당했다. 그런데 이번만은 달랐다. 고시원 식당에서 사건이 발생한 것이다. 특정 고시원인 만큼 범인은 장소와 관련이 있을 가능성이 높았다.

"애도 악질이구만."

범인에 대한 브리핑을 들은 학준이 말했다.

"그렇죠? 되게 최기정이랑 비슷해요. 약한 사람만 건드리는 점이요."

미란의 말과 같았다. 묻지 마 폭행범은 꼭 최기정 같은 놈이었다. 자신보다 약한 여자만을 상대로 폭행을 저지르는 꼴이, 길을 멀쩡히 돌아다니면 안 될 종족이었다. 당장 감방에 넣어도 모자란 놈이었다. 학준은 간만에 의욕적으로 범인을 쫓았다.

고시원 관리소에서 CCTV 영상을 넘겨받으려고 했지만, 복도에 달린 카메라는 장식품이었다. 이제는 증언을 찾는 게 관건이었다. 학준은 고시원 문을 두드리며 혹시나 목격자가 있지는 않은지를 수색했다. 대부분 남자 목소리를 들었다고 했지만, 얼굴을 본 사람은 없었다.

그것이 고시원의 문제였다. 고시원 거주자들은 소리가 귓속을 파고들어도 굳이 방문을 열어 얼굴을 확인하려 하지 않는다. 그나마 사람들이 들었다는 목소리로 판단하건데 용의자는 20대 남성으로 추정되었다.

학준은 고시원을 나와 건너편 카페의 문을 두드렸다.

사장과 아르바이트생에게 그저께 급하게 뛰어나가는 남자를 보지 못했냐고 물었다. 그리고 다행히도 사장에게서 후드를 뒤집어쓴 남자를 보았다는 목격담을 건질 수 있었다.

"폭력적인 애들은 애초에 어디가 고장 난 거 아니냐? 하자가 있는 채로 태어난 게 아닌 이상 어떻게 제어가 안 되냐고."

학준이 카페에서 컵밥을 먹으며 투덜댔다.

"제어를 하고 싶지 않은 거겠죠."

맞은편에서 미란이 샌드위치를 베어 물며 대꾸했다.

"그러니까 왜 하고 싶지 않냐고. 남을 때리면 안 된다는 생각 자체가 없는 거냐?"

"때리면 안 된다는 생각은 있지만, 그냥 본능에 따르는 거죠."

"그게 하자가 있다는 말 아니냐? 최기정 같은 놈들은 애초에 인간이 아니라 동물로 태어난 거지. 나사가 하나 빠진 채로 태어난 거야. 인간과 닮았지만 따지고 보면 다른 종족인 거야."

"제가 생각했을 때는 같은 사람은 맞는데요. 위기의식을 못 느껴서 그런 듯해요."

"어찌 못 느끼냐고, 누구를 때리고 도망가면 철창신세 지고 인생이 꼬인다는 생각을 못하는 거야?"

"선배랑 똑같은 거죠." 미란이 학준을 똑바로 바라봤다. "현장에서 술을 마시면 안 되는 걸 머리로는 알지만, 마시고 싶으니까 본능적으로 마시는 거요."

학준의 컵밥 옆에는 캔 맥주가 하나 놓여 있었다.

"이거랑은 다르지."

학준이 캔 맥주를 자기 쪽으로 끌어당겼다.

"술 마시면 잘린다는 위기의식만 있었으면 다시는 안 드셨겠죠?"

"아니지. 이거는 그래도 허용할 수 있는 범위잖아. 너라고 대입해봐. 일할 때 술은 한번쯤은 마실 수 있겠지? 하지만 길 가는 모르는 사람을 전치 4주가 나오도록 때릴 수 있니? 한번쯤은 괜찮겠지 하는 가벼운 마음으로 말이야."

"못 하죠. 이유도 없이 왜 때려요."

"그러니까! 그게 일반적인 생각인데 말이야. 보통의 인간은 애초에 위기의식이 없어도 폭력을 행사하지 않는다니까? 역시 내 말이 맞아. 최기정 같은 놈은 하자가 있는 다른 종족이야."

학준이 크게 밥을 퍼서 입으로 넣었다. 간장에 계란이 들어간 간단한 비빔밥이었지만 꽤나 맛이 괜찮았다.

"그럴 수도 있겠네요. 보통은 누구를 때린다는 생각을 잘 안 하니까요."

웬일로 미란이 동의를 해주었다. 그래서 오래간만에 학준은 기분 좋게 야참을 먹었다.

탐문이 모두 끝나고 경찰서로 돌아올 때까지도 미란

은 장례식장에서 만난 남자의 이름을 알려주지 않았다. 오늘 수사에 관한 보고서까지 완료해야 한다고 선을 그은 것이다. 결국 학준은 평소답지 않게 경찰서로 돌아와 열심히 문서 작업을 했다.

혼자서 수사실을 지키고 있던 반장은 학준의 모습이 의외라는 듯이 뚫어지게 관찰했다.

"웬일이야?"

반장은 의아함이 가득한 얼굴로 미란을 쳐다보았다.

"탐문 수사를 좋아하신대요. 오늘도 아주 열심히 뛰셨어요."

미란이 엄지를 치켜들었다.

"결과는 어때?"

"얼굴을 본 목격자가 있어서 대강 몽타주를 그려오긴 했는데요. 내일 수사관님 오시면 몽타주 프로그램을 부탁해보려고요. 그래서 지금 선배가 현상수배 공문을 쓰고 계세요."

반장은 슬쩍 학준의 자리로 가서 모니터를 확인했다. 그러더니 열심히 일을 하고 있는 모습에 감명을 받은 것 같았다. 아니, 학준을 제대로 다루는 막내의 모습에 감명을 받은 듯했다.

"수고해."

반장이 학준의 어깨에 힘을 전해주고는 자리로 돌아갔다. 그리고 나서 미란을 향해 엄지손가락을 들어주었다.

그사이 학준은 바쁘게 손을 움직였다. 어서 빨리 할 일을 끝내고 미란에게 확인을 받아야 한다. 마음이 조급해지자 속도도 빨라졌다. 이제까지 완성한 적 없던 속도로 일을 마무리했다. 학준은 문서를 업로드하자마자 의자에서 일어나 미란의 옆자리를 서성였다.

"이제 알려줘."

학준이 귓속말을 했다.

미란은 고개를 끄덕이더니 쪽지에 이름을 하나 적어주었다.

권병학

정원사가 알려준 CCTV 속 남자는 권병윤이다. 얼굴과 이름이 비슷한 걸 보니 형제 사이로 추측됐다.

학준이 자리로 돌아와 신원 조회를 해보려는데, 반장의 불같은 목소리가 들려왔다.

"쓸데없는 짓 하지 말고 이제 퇴근해."

어떻게 알았는지 반장이 막아섰다. 그의 레이더망이 너무나도 견고해, 차마 빠져나갈 방법이 없다. 결국 학준은 다시 미란 옆으로 돌아왔다. 퇴근을 준비하는 후배에게 굳이 쪽지를 썼다.

권병학 집 주소 좀 찾아줘.

"뭐 해?"

반장이 다시 물었다.

"이참에 아예 현상수배 전단 서류 올리는 법 좀 알려

주려고요."

"지금?"

"내가 내일 현장 뜰 예정이니까 지금 간단하게 알려줄게. 다른 문서들이랑 똑같이 올리면 되거든? 컴퓨터 아직 안 껐지?"

학준이 필사적으로 쪽지를 가리켰다. 혹여나 미란이 무시하지 않을까 걱정하며 염원을 담아 부탁했다.

그런데 미란은 의외로 순순히 신상 정보를 조회해주었다. 그러더니 학준을 향해 귓속말을 전했다.

"사실 저도 권병학이라는 사람이 수상해 보였어요. 장례식장에서 저를 도와준다더니 슬금슬금 사라지더라고요. 기억을 되짚으니까 사인을 알게 됐을 때 도망간 것 같아요. 주사 자국이라는 말을 듣는 순간부터 놀란 얼굴로 몇 번을 물어보더니 사라졌거든요."

"그걸 왜 지금 말해?"

학준은 황당하다는 얼굴이었다.

"그날 함께 계셨잖아요. 현장에서 기억 잃을 정도로 술을 드셨을 줄 몰랐어요."

그녀는 달래듯이 혼을 냈다. 반박도 못 할 사실로 부드럽게 찔렀다.

"……."

학준은 대답 없이 권병학의 직장과 집 주소를 받아 적었다.

“저는 먼저 퇴근할 테니까 수사하시고 알려주세요.”
미란이 반장에게도 인사를 건넸다. “가볼게요!”
“들어가.”
학준이 미란의 컴퓨터를 대신 종료했다.

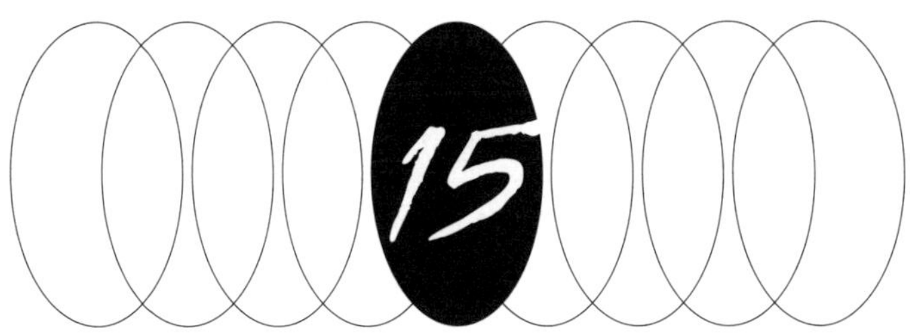

다음 날 아침, 학준은 권병학의 직장을 찾아갔다. 기독교 재단의 대학교로 서울에 이런 곳이 있었나 싶을 정도로 조그마한 캠퍼스였다. 나름 대학 캠퍼스인지라 주변 풍경이 어색하게 다가왔다. 캠퍼스는 대학도 나오지 않은 40대 아저씨가 있기엔 뻘쭘한 장소였다. 길을 다니는 사람들은 너무 어렸으며, 20대만으로 가득 찬 거리를 바라보는 것도 낯설었다.

그 외에도 어색한 이유는 또 있었다. 캠퍼스의 분위기가 전반적으로 어수선했기 때문이었다. 겨울 방학이라 길을 다니는 사람이 적었는데, 사람들이 이곳저곳으로 뛰어다녔다. 각자 다른 방향을 향해 달리는 모습에 정신이 산만 했다. 아마 캠퍼스가 낯설기 때문에 더욱 어수선한 기분을 느꼈는지도 몰랐다.

학준은 처음 도착했을 때만 해도 권병학을 찾기 수월할 것이라고 생각했다. 대학교만큼 사람을 찾기 쉬운 곳이 없었다. 게다가 이렇게 크기가 작은 대학교이면 금방 찾을 것이라고 판단했다. 더불어 학준은 연륜과 경험도 많았다.

그는 우선 행정실부터 찾아갔다. 신학과 강사 권병학에 대한 정보를 듣기 위해서였다. 그런데 행정실 문이 잠겨 있었다. 겨우 문을 두드리고 들어가 보니 분위기가 요상했다. 행정실 바닥에 이불이 널려 있는 것이 난장판 그 자체였다.

복도에 삼삼오오 모여 앉아 게임을 하고 있는 학생들이 보였다. 학준이 그들에게 다가가 물었다.

"오늘 평일인데 행정실에 사람이 없네?"

그러자 학생들은 행정실을 점거 중이라는 충격적인 답변을 내놓았다. 총장이 학교를 사업화해서 반대 시위를 진행 중이라고 했다. 때문에 행정실 직원을 지금 찾기란 불가능이었다.

"강사 한 명을 찾으러 왔는데, 여기 신학과 있어?"

학준이 학생들을 향해 물었다.

축구 게임을 하던 학생 중 한 명이 손을 들었다.

"혹시 권병학이라는 강사 알아?"

학생이 고개를 끄덕였다.

"어디를 가면 만날 수 있지?"

"점거하느라고 계절 학기 수업도 다 폐강돼서 만나기 어려울걸요."

"수업이 없어도 학교는 나올 거 아니야. 강사 개인실 어딘지 알고 있어?"

학생은 모르겠다는 듯이 고개를 저었다. 그러자 옆에 있던 친구가 도움을 주었다.

"강사가 무슨 개인실이 있어요. 근데 그 강사 분 학교에 오기는 하는 것 같던데요. 어제 도서관에서 봤어요."

학교에 오기만 하면 충분했다. 학준은 고맙다고 인사하며 행정실을 빠져나왔다.

그가 향한 곳은 학생 식당이었다. 테이블에 자리를 잡고 앉았다. 학교에 있다면 언젠가는 밥을 먹으러 올 것이라는 생각 때문이었다. 그리고 2시간쯤 죽치고 있었을 때 드디어 퇴식구에서 밥을 버리는 권병학을 발견했다. 학준이 몸을 숨기고 그의 뒤를 따랐다.

장례식장에서 봤을 때보다 한결 깔끔한 옷차림이었다. 밝은 베이지색 코트에 왁스 칠을 한 머리, 정갈한 느낌까지 주었다. 그런데 혼자 밥을 먹고 있어서 그런가, 어깨를 잔뜩 숙이고 있어서 그런가, 장례식 때보다 초라한 분위기를 풍겼다.

유심히 권병학을 관찰했다. 그는 식판을 반납한 뒤 커

피조차 마시지 않고 바로 학생 식당을 빠져나갔다. 그가 직행한 곳은 도서관이었다.

학준도 형사 배지를 보여주며 도서관으로 들어갔다. 계속 병학을 지켜보았지만 단조롭기 그지없었다. 하는 일이라곤 책으로 둘러싸인 도서관 구석에 앉아 있는 것뿐이었다. 책상에 자리를 잡고 책을 읽는 중인 듯했다. 학준은 그만 깜빡 잠이 들 뻔했다. 그나마 오래된 책의 냄새를 맡으니 자꾸만 똥이 마려워 졸음을 쫓아낼 수 있었다.

병학이 잠시 화장실에 간 사이에 그가 보는 책을 살펴보기도 했다. 그런데 무슨 책인지 파악이 되지 않았다. 생전 처음 보는 언어가 적혀 있었다. 중동 쪽의 필기체 같은데, 신학과라더니 이스라엘의 언어인가 싶었다.

계속 숨어서 지켜보았지만 특이사항은 없었다. 오후 5시가 됐을 때 일어나더니 같은 학생 식당으로 움직여 저녁을 먹는 것이 끝이었다.

학준도 밥을 사서 다른 테이블에 앉아 먹기 시작했다. 굳이 숨을 필요도 없었다. 병학이 주변을 쳐다보지 않았기 때문이었다. 학생 식당에서 제일 저렴한 메뉴를 시켜 혼자 초라하게 먹고 있는 것이, 처자식을 세 명쯤 부양해야 하는 처지로 보일 정도였다.

식판을 반납하고 이번에도 병학은 카페를 그냥 지나쳤다. 자판기도 쳐다보지도 않았다. 어떻게 밥을 먹고 커피도 한잔하지 않는지, 학준은 이해가 안 될 정도였다. 학준이 잠시 자판기 앞에 멈춰 믹스 커피를 뽑았다.

그런데 그사이에 병학이 시야에서 사라져버렸다. 급하게 뛰어가 학생 식당 옆에 있는 문구점 안에 병학이 있는 것을 목격했다. 문구류가 아닌 전자제품을 파는 코너였다. 병학이 직원에게 쇼핑백을 받아서 나오더니 다시 도서관으로 향했다. 또 도서관이라니 학준은 고개를 절레절레 흔들었다.

병학이 도서관 입구로 들어간 것을 확인하고 나서, 학준은 문구점으로 돌아왔다. 문구점 점원에게 병학이 구입한 품목을 물어보았다.

"미리 주문하셨던 방범용 CCTV를 찾아가셨어요."

학준은 옳다구나 싶었다. CCTV까지 구입한 것은 일상적인 일은 아니다.

"어떤 제품이죠?"

"이 모델입니다." 점원은 친절하게 카메라 샘플을 보여주었다. "밤에도 촬영이 되는 최신 모델이에요."

밤에 무슨 일을 꾸미는 것이 아닐까? 최기정의 저택에서 용의자가 아이스박스를 들고 나타난 것도 밤이었다. 수상한 냄새가 났다.

"어떤 목적인지 들으셨나요?"

"누가 자꾸 자전거를 망가트려서 찍으려고 한대요."

"자전거가 확실합니까?"

"네, 1층 불도그가 자전거를 고장 내는 것 같다고요.

강아지처럼 작은 생물도 찍히는지 확인하셨어요.”

사건과는 관련이 없었다. 그야말로 허탕이다.

학준은 실망한 어깨를 억지로 올리며 문구점을 빠져나왔다.

그 이후로도 단조로운 일상이 이어졌다. 권병학은 도서관에 계속 앉아 있더니 잠시 밖으로 나와 차를 몰았다. 운전석에 올라타 30분 거리에 있는 어떤 집으로 가더니, 차를 두고 다시 버스를 타고 학교로 돌아왔다. 그야말로 학교밖에 모르는 인간이었다.

학준은 답답함을 참지 못하고 미란을 불렀다. 어느새 해가 저물어 사방이 캄캄했다. 캠퍼스 곳곳에 노란 가로등만이 빛나고 있었다. 학준은 미란과 차에 앉아 오늘 허탕친 일에 대해 한탄했다.

“운전기사 역할이나 하고 있더라니까. 짠한 삶이야. 조폭이랑 연관이 없어 보이는데 최기정한테 뭘 당한 건지 모르겠어.”

그 말에 미란이 이상하다는 듯이 학준을 쳐다보았다.

“최기정한테 뭘 당해요?”

“권병학이 피해자 중 한 명이잖아.”

“그 사람이 무슨 피해자예요?”

미란이 팔로 엑스 자를 만들었다.

“아니야? 그날 장례식장에서 나한테 피해자랬는데?”

"기억이 잘못되셨나 본데요. 권병학은 권병윤 형으로 참석했어요. 피해자라고 생각하고 하루 종일 쫓아다니신 거예요?"

하루를 완전히 날려버렸다. 학준은 차 안에서 담배를 꺼냈다. 불을 붙이기 전에 미란에게 제지를 당해 담배를 피우는 것에는 실패했다.

"허탕 작렬이네. 아까도 CCTV를 샀다길래 기대했더니 자전거 도둑을 잡는다더라고. 그 외에는 도서관에서 나오질 않더라니까. 수업도 없는데 말이야."

"CCTV를 구입했어요?"

"방범용 CCTV를 샀더라고."

"그러니까 강의가 취소된 강사가 고작 자전거 도둑을 잡으려고 비싼 CCTV를 구입했다고요?"

"그랬지."

"강사 월급이 뻔한데요? 심지어 강의도 없으면 거의 굶고 다닐 텐데요."

"그래도 대학교 강사면 카메라 살 정도는 벌잖아?"

"그럴 리가요. 제가 한체대에 강의를 나갔었잖아요. 강사는 월에 몇십만 원밖에 못 벌어요. 고작 자전거 때문에 자전거보다 비싼 카메라를 사진 못할 정도예요."

"그럼 왜 굳이 카메라를 산 거야? 밤에도 찍히는 놈으로 샀던데."

"밤에 CCTV로 확인해보고 싶은 뭔가가 있는 거 아닐까요?”

때마침 버스 정류장에 병학이 나타났다. 이제 집으로 가려는 듯했다.

그 모습을 확인한 미란은 학준을 응원해주었다.

“그럼 잘 해보세요. 밤새 확인해보시고 결과를 알려주세요.”

“어디 가?”

학준은 내리려는 미란을 붙잡았다.

“수배 전단지 붙이러요.”

“그거는 그냥 지구대에 보내도 되잖아?”

“선배 없이 혼자서 일하려면 그 외에도 할 일이 아주 많은걸요.”

“나도 일할게. 같이 권병학 집 먼저 확인해주면.”

미란은 의아하다는 눈으로 학준을 쳐다봤다.

“저한테 도움을 요청하시는 거예요? 왜요?”

“내가 8년 동안 허탕만 쳤는데 혼자 간다고 찾을 수 있겠나.”

학준이 쓴웃음을 지었다. 그의 진심이 담긴 자학에 미란은 웃음을 참아야 했다.

“저 버스 따라간다?”

미란은 동의하지 않았지만 굳이 차에서 내리지도 않았다. 학준은 권병학이 타고 있는 버스를 쫓았다.

도착한 곳은 조그마한 빌라 단지였다. 권병학의 거주지로 등록된 주소이기도 했다.

학준은 자전거 보관소가 보이는 곳에다가 차를 댔다. 권병학의 빌라 입구도 함께 보여서 관찰하기 적당한 곳이었다. 아까 차에서 나가 슬쩍 돌았지만 방범용 CCTV 같은 것은 없었다. 점원의 말이 맞다면 곧 병학이 카메라를 설치하러 나올 것이다. 학준은 하염없이 빌라 입구를 관찰했다.

옆에는 미란이 있었다. 그녀는 가방에서 주섬주섬 무언가를 챙겼다. 슬쩍 쳐다보니 쌍안경이었다.

"그건 뭐야?"

"이거를 써야 더 잘 보여요."

그녀의 준비성이 놀라울 정도였다.

"관심 없는 거 아니었어? 왜 이렇게 적극적이야?"

"이 정도는 형사의 기본 자세죠." 미란이 눈치를 보더니 덧붙였다. "그리고 권병학 씨가 이상하기도 했고요. 장례식장에서 놀라던 표정이 잊히지가 않아요."

"나는 그날이 왜 기억이 안 나냐."

"뭐, 하루 이틀이에요?"

미란은 쌍안경으로 3층 창문을 확인했다. 뭔가를 발견한 듯이 눈을 떼지 않았다.

학준도 그녀를 따라 3층을 살폈지만, 맨눈으로 보니 커튼이 쳐진 거실만 눈에 들어왔다.

"그걸로 보면 뭐가 더 보이냐?"

"커튼을 쳐놔서 아무것도 안 보여요."

301호의 거실 불도 꺼졌다. 집에 들어가자마자 취침이라니, 밤 10시가 넘은 시각이긴 했지만 학준은 상상도 못 할 정도로 바른 생활을 하는 인간이었다.

"여기도 허탕이네."

학준은 차에 시동을 걸려고 했다.

"벌써 가시게요?"

"더 있어서 뭐 해."

"그래도 밤에 보이는 CCTV를 샀다면서요. 조금 더 있어도 될 것 같은데요?"

미란의 제안에 또다시 기나긴 기다림이 시작되었다. 차 안에서 주구장창 시간을 보냈다. 지난 8년 동안 학준은 대부분 최기정을 기다리며 시간을 보냈다. 익숙해질 법도 했지만 도무지 익숙해지지 않는 지루함이었다.

"저기요, 저기 보이세요?"

그런데 망원경을 보고 있던 미란이 다급하게 학준을 불렀다.

"어디?"

"저기 저 남자요!"

미란은 빌라 입구를 가리켰다.

어떤 남자가 맨발로 빌라에서 걸어 나오고 있었다.

"누구야?"

학준은 망원경을 잠시 빌려 남자의 얼굴을 살폈다. 그

가 바로 권병학이었다.

"저기서 맨발로 뭐 하는 거죠?"

권병학은 빌라 앞 화단으로 넘어갔다. 조깅 자세를 취하고 화단을 이리저리 헤집기 시작했다. 곧이어 빌라 입구에서 카디건을 걸친 여자가 나왔다. 50대쯤 되어 보이는 그녀는 잠에서 막 깬 얼굴이었다.

여자는 권병학의 몸을 툭툭 건드리며 화단을 망치는 것을 말리려고 했다. 그런데도 권병학은 아무런 반응이 없었다. 여전히 맨발로 화단을 돌아다닐 뿐이었다.

"나는 무슨 상황인지 이해가 안 된다."

학준이 다시 망원경을 넘겼다. 미란이 이어서 상황을 관찰하더니 덧붙였다.

"몽유병 환자 같아요."

학준은 숨을 죽이고 상황을 계속 지켜보았다.

여자가 권병학을 억지로 데려가려는데, 여자의 힘만으로는 덩치가 큰 권병학을 끌기 역부족으로 보였다. 빙글빙글 주변을 돌던 권병학이 곧 자전거 보관소로 이동했다. 그리고 자전거를 들고 바닥으로 그대로 내려쳤다. 자신의 손으로 망가트리는 모습이었다. 여자는 더욱 적극적으로 권병학을 말려보지만 불가능했다. 오히려 말리다가 자전거바퀴에 다리를 얻어맞고 말았다.

화단 옆 1층 집의 불이 켜졌다. 안에서 개가 짖는 소리가 크게 들려왔다. 권병학이 자전거를 부서뜨리는 소리에 개가 놀란 것 같았다.

"말려야 하는 거 아니에요?"

미란이 걱정스러운 얼굴로 학준을 쳐다봤다.

"그래, 그래야 할 것 같다."

학준이 차에서 내리려는 순간, 빌라 입구에서 또 다른 남자가 나왔다. 그는 사진으로 봤던 남자, 병윤이었다. 학준은 내리지 않고 병윤의 행동을 지켜보기 시작했다.

주저앉은 여자가 병윤의 바짓가랑이를 붙잡았다.

"제발 말려줘."

그런데 병윤은 형은 말리지 않고 여자만 데리고 들어가려고 했다.

권병학이 그 모습을 발견하더니 자전거를 든 채로 동생에게 다가갔다. 그리고 자전거를 그대로 병윤의 머리에 내리쳤다.

"어? 저기? 가서 말려라!"

지켜만 보던 학준이 미란을 밀었다.

이미 미란은 차 문을 열어둔 상태였다. 그녀는 화단으로 빠르게 뛰어가 권병학의 팔을 눌렀다. 권병학을 진정시키고는 세 가족을 데리고 집으로 들어갔다. 한참 후에 터덜터덜 혼자서 차로 돌아왔다.

"왜 혼자 와?"

학준이 황당하다는 표정을 지었다.

"권병학 눈이 맛이 가 있었어요. 혹시 정신병자라는

소리 들으셨어요?"

"못 들었어. 그런데 왜 혼자 오냐고? 쟤가 때리는 것 봤잖아. 잡아와야지."

"동생은 처벌을 원하는 것 같았는데, 어머니가 처벌을 원하지 않더라고요. 그래서 그냥 집에만 데려다주고 나왔어요."

"그렇다고 혼자 오면 어떡해?"

"가정 폭력이 다 그렇죠 뭐. 분명 집 안에서 폭력이 이어질 것 같은데, 방법이 없어서 답답하네요."

미란은 깊은 한숨을 쉬었다.

"그걸 막는 게 우리 일인데, 뭐 답답하게 앉아만 있어? 가서 막아야지."

학준은 흥분해 당장이라도 뛰쳐나갈 기세였다.

"허락 없이 들어가시면 불법이에요."

미란이 필사적으로 말렸다.

"때리는 게 불법이지. 우리가 목격했잖아. 일단 권병학을 붙잡아 오자니까?"

"글쎄 맞은 사람이 처벌을 원하지 않으면 방법이 없다니까요."

"그럼 연행까지는 아니더라도 집에서 일어나는 것만 막자고."

"법적으로 그게 안 된다니까요."

미란이 학준을 진정시키느라 진땀을 뺐다. 그녀는 학

준의 불을 꺼트리고, 3층의 불도 꺼지는 것을 확인하고는
겨우 탐문을 마칠 수 있었다.

다음 날 형사과에서 학준은 여전히 투덜거리는 중이었다. 처벌을 원하지 않으면 두고만 본다는 게 어이가 없었다. 그의 상식에선 폭력을 저지르면 죗값을 받는 것이 옳았다. 그러나 다른 팀원들은 그 의견에 동의하지 않는 듯했다.

특히나 반장은 학준의 손을 들어주지 않았다. 그저 침착하라고만 말할 뿐이었다.

"원래 가정 폭력이 그래서 처벌이 어려워."

원래라는 것은 없었다. 잘못된 것은 바꿔야 하는 게 당연했고, 원래라는 변명으로 넘길 수 없다.

"형사가 그런 말을 하면 어떡해요?"

"원래 그런 거라니까. 그 최기정이도 그랬잖아."

최기정이란 말에 학준의 귀가 쫑긋 섰다.

"걔가 왜요?"

"사실 최기정은 법을 요리조리 빠져나가기로 유명했어. 그중에서도 가장 크게 빠져나간 게 가정 폭력이야."

"그놈이 가정 폭력을 했어요?"

학준은 그를 8년이나 쫓았지만 가정 폭력에 대한 이야기는 처음 들었다.

"몰랐어? 최기정이 딸이 하나 있는데."

"그건 잘 알죠."

"그래, 그 딸을 엄청 때렸어." 반장이 심각한 표정으로 말을 이었다. "언젠가 딸이 어렸을 때 경찰서에 찾아온 적이 있었어."

"딸이 왔었다고요?"

옆자리의 성엽도 처음 듣는 이야기인지 무척 놀란 눈치였다.

"너네가 형사과에 들어오기도 전 일이지, 그게. 딸 이름이 가영이었지 아마?"

"맞아요. 최가영."

"그래. 언젠가는 어린 가영이가 살려달라면서 경찰서에 찾아왔었어."

"그런데 처벌을 못 했어요?"

성엽이 의아한 얼굴로 되물었다.

"보호자인 엄마가 처벌은 안 된다고 하는 바람에 그냥 흐지부지 넘어간 거지. 최기정도 그걸 알고 있으니까 때린 거고. 원래 그렇게 요리조리 빠져나가는 놈이었잖아."

"그랬죠." 학준은 씁쓸한 얼굴이었다. "걔가 그렇게 안 걸릴 때까지만 사람을 괴롭히는 데 선수였죠."

옆에서 성엽도 고개를 끄덕이더니 과격하게 말을 뱉었다.

"차라리 죽어서 다행이네. 사실 학준이 네가 쫓아도 절대 못 잡았어. 평생 빠져나가면서 사느니 죽는 게 낫지."

학준은 성엽의 말에 반발심이 들었다. 죽는 게 낫다니 무슨 소리인지 이해가 되지 않았다. 그런데 미란이 조심스럽게 대화에 끼어들었다.

"저도 죽는 편이 낫다고 생각해요."

"그렇지? 역시 막내가 뭐를 좀 알아."

성엽이 그녀를 칭찬했다.

"장례식장에서 가영 씨 얼굴 보셨잖아요. 그렇게 편안한 상주 모습은 처음 봤어요."

가만히 듣고 있던 학준은 어이가 없었다. 형사라는 사람들이 처벌할 생각은 안 하고 죽는 게 낫다니 무슨 마음 편한 소리인지 열불이 났다. 그리고 그가 항의의 말을 꺼내려는 순간, 반장이 대화를 원천 차단했다.

"우리가 할 수 있는 최선을 다했으니까. 그 집 일은 잊고 빈집털이나 찾아와."

"아니, 반장님."

"최기정한테 당한 사람만큼 또 다른 범죄에 당한 사람들이 있잖아. 왜 최기정에만 집착을 하는 거야?"

"아니, 반장님 그게⋯⋯."

"접때 전단지 뿌린 폭행범도 찾아보고, 좀도둑도 찾아보고, 할 일이 많다."

"반장님은 이해가 되세요? 권병학 집에선 병윤이가 죽어가고, 최기정이 집에선 가영이가 죽을 뻔했는데도 보고만 있다니요."

순간 학준의 머릿속에서 어떤 생각이 맞부딪혔다.

병윤과 가영은 사귀는 사이다. 그리고 둘은 동시에 가정 폭력을 당했다. 처벌을 못 할 바에야 죽이는 게 낫다고 생각했다면? 그랬다면 병윤이 최기정을 죽인 게 완벽하게 이해가 되었다.

"잠시만요. 병윤이가 매일 맞는 여자 친구가 안쓰러워서 최기정을 죽였을 수 있겠네요."

"또 그 소리냐?"

성엽이 옆에서 혀를 찼다.

"들어봐. 맞잖아. 자기도 형한테 맞았으니까 여자 친구한테 더욱 감정 이입을 한 거지."

"그러면 자기 형부터 죽일 것이지 왜 최기정부터 죽였겠어?"

성엽은 지겹다는 얼굴을 하고 있었다.

"그러고 보니까요." 미란이 대화에 끼어들었다. "며칠 전에 김학준 형사님 전화번호를 알려달라는 전화가 왔었는데……."

"누가? 왜?"

"누군지는 안 물어봤는데 위급 상황이 올 수도 있다고 하면서 휴대폰 번호를 물어봤거든요? 규정상 안 된다고 내선 번호를 말하기는 했는데, 혹시 권병학일까요?"

"맞네. 지금 권병학까지 죽이려고 하는 거네. 위협을 느껴서 내 번호를 물어본 거고."

모호했던 것들이 하나로 이어졌다. 가정 폭력을 당하고 자라온 아이가 커서 가해자를 죽인다. 이보다 완벽한 동기가 없었다.

"그만해."

"반장님, 다 왔어요. 이거잖아요."

하지만 반장은 더 이상 말을 들어주지 않았다.

"누가 봐도 병윤이 죽인 거잖아요. 그리고 앞으로 자기 형도 죽일 예정이고요. 일단 형부터 잡아다 물어보는 게 어떨까요?"

반장은 학준을 째려보았다. 그러고는 결단을 내렸다.

"그 수사는 이제 중단해."

"그렇지만……."

"부검까지 마친 사항이야." 반장은 미란을 향해 덧붙였다. "파트너가 뭐 하는지 실시간으로 보고하고, 또 허튼

짓하면 배지 뺏어버려."

"알겠습니다."

미란이 힘 있게 대답했다.

"하지만……."

"학준이 너는 오늘까지 밀린 공문 다 처리해놔."

반장은 어느 때보다도 단호했고, 더 이상 학준의 항의는 먹히지 않았다.

그렇게 병윤을 향한 수사는 영영 길이 막혀버렸다.

Chapter

4

어느새 2월의 끝자락이었다. 오랜만에 집 밖을 나온 병윤의 옷차림도 한층 가벼워졌다. 병윤은 오리털 패딩은 넣어두고 무난한 연두색 자켓을 걸쳐 입었다. 길에 세워진 자동차 창문으로 비춰보니 깔끔한 옷 태가 만족스러웠다. 아직 재킷을 입기엔 추운 날씨였지만 충분히 감수할 만한 보람이 있었다.

오늘 아침에는 미용실에 들러 머리도 잘랐다. 미용사의 손놀림으로 완성된 헤어스타일 덕분에 얼굴도 더욱 멀끔해 보였다. 햇빛이 병윤을 비추었다. 간만에 꾸몄기 때문인지, 햇빛을 받았기 때문인지, 그는 한층 산뜻해진 마음으로 발걸음을 옮겼다.

수원대학교 앞 골목은 아직 한산했다. 몸을 웅크린 북극곰처럼 겨울이 끝나기만을 기다리고 있었다. 다음 주 개강을 대비해 새 간판을 설치 중인 음식점도 보였다. 병윤은 깨어날 준비를 하고 있는 골목의 어수선한 분위기에 익숙한 정취를 느꼈다.

사실 대학교 골목은 병윤에게는 친숙한 내음을 풍기는 곳이었다. 과제를 하기 싫을 때면 언제나 이곳으로 뛰쳐나와 여자 친구와 술을 마시고는 했다. 그래서 골목에 올 때면 그 시절의 방탕함과 함께, 금기를 어긴 자의 짜릿함이 되살아났다. 골목은 언제나 재미있는 곳이었고, 술을 마시며 죄책감까지 털어낼 수 있는 안식처였다. 병윤은 그때의 기분을 회상하며 안으로 직진했다.

망설임 없이 도착한 곳은 즉석 떡볶이 집이었다. 6,900원으로 푸짐한 떡볶이를 즐길 수 있는 음식점이었다. 병윤이 식당 문을 열고 들어가 4번 테이블로 향했다.

"늦어서 미안해."

기다리고 있던 사람에게 사과를 건넸다.

"나도 방금 왔어."

활짝 웃으며 병윤을 맞이하는 여자는 바로 가영이었다. 가영은 일어나 병윤을 살포시 안아주었다.

"오랜만에 보네."

"그러게 말이야. 너무 못 만나서 얼굴을 까먹을 뻔했잖아."

가영은 제주도 녹차가 함유되어 있다는 샴푸를 사용했다. 그래서인지 그녀에게선 옅은 녹차 아이스크림의 향이 났다. 탁 트인 파란 하늘과 드넓은 녹차 밭이 상상되어 봄날을 떠올리게 하는 향기였다.

"버스 타고 온 거야?"

"응. 그래도 평일이라 금방 왔어."

병윤은 자리에 앉아 메뉴판을 집어 들었다. 그런데 가영이 장난스럽게 웃고 있었다.

"그 표정은 뭐야?"

"졸업식 전에 특별 메뉴를 사준다고 했더니 고작 떡볶이가 뭐야?"

병윤이 특별히 고른 음식점이었다. 내일 졸업식을 기념하기 위해서 이보다 더 좋은 음식이 없었다.

"우리가 제일 많이 먹은 거잖아. 학교를 떠올리면 여기 볶음밥밖에 기억이 안 나."

그 말에 가영도 웃으며 고개를 끄덕였다.

"맞아. 엄청 많이 먹었지."

"주문부터 할까?"

"이미 알아서 시켜놨어."

5년 차로 접어든 커플의 여유였다.

병윤은 그런 편안함이 좋았다. 가영을 보면 언제나 내 편이 되어주는 가족의 품에 안기는 기분이었다. 집에서도 느껴보지 못한 감정을 그녀를 통해 깨닫고 있었다.

"그래서 2주 동안은 나 없이 잘 지내셨나요?"

"나야 잘 지냈지. 가영이 너는 얼굴이 더 좋아진 것 같은데?"

병윤이 식탁에 휴지를 깔고 수저를 올렸다. 가영의 얼굴이 평소보다 밝아 보였다.

"그럼! 안 좋을 일이 없잖아. 너도 보고, 이제 졸업도 하고."

주방에서 사장님이 커다란 냄비를 들고 나왔다. 아직 끓이지 않은 떡볶이가 테이블 위로 올라왔다. 커다란 튀김 만두가 올라가 있었는데 겨울 방학에만 주는 서비스였다.

떡볶이 냄새를 맡으니 예전의 기억들이 문득 떠올랐다. 친구들과 밤을 새우고 떡볶이로 해장을 대신 한 적이 있었다. 또 가영과 사귄 지 얼마 되지 않았을 때, 실수로 가영의 흰옷에 국물을 튄 적도 있었다.

이제는 밤을 새워서 술을 마시지도 않고, 앞치마부터 착용해 옷에 국물이 튈 일도 없지만 떡볶이만 보면 예전 추억이 생각나서 미소가 떠올랐다.

"끓으면 오뎅부터 드세요."

사장님은 불 조절을 마치고는 다시 부엌으로 향했다.

"맞다, 사장님."

병윤이 그런 그를 붙잡았다.

그런데 병윤이 말을 꺼내기도 전에 사장은 사이다를 가져다주었다. 항상 사이다를 시킨 병윤을 기억한 것이다.

"참 신기하지. 이런 장소가 있다는 게 말이야."

병윤이 감상에 젖어 말했다.

"어떤 장소?"

가영은 아르바이트생처럼 능숙하게 국자를 휘젓고 있었다.

"냄새만 맡아도 옛날 기억들이 떠오르는 곳 말이야."

"맞아. 언제 오든 마음 편해서 좋아."

친구와 떡볶이를 먹는 사소한 일이었다. 아주 평범하고 자질구레한 일이었지만, 그래서 병윤은 더욱 큰 행복감을 느꼈다. 평범한 것이 얼마나 어려운 일인지를 잘 알기 때문이었다.

"뭐 좋은 일이라도 있나봐?"

"별로 없어."

병윤은 어깨를 으쓱하고는 떡볶이를 가영에게 덜어주었다.

"얼굴에 좋은 일이 있다고 쓰여 있는데?"

"전혀."

말과 다르게 병윤은 웃음을 숨기지 못했다. 잠시나마 모든 문제가 사라지고 평범한 사람이 된 것 같았다.

"그러고 보니 이제 우리 집에 더 이상 안 찾아오더라."

가영이 조심스럽게 말을 꺼냈다. 형사가 안 온다는 말이었다.

"우리 집 근처에서도 요새는 못 본 것 같아."

한동안 병윤의 집 앞을 아반떼가 지키고 있었다. 하루는 여형사가 형을 말리며 집까지 들어오기도 했었다. 그런데 일주일 전부터 더 이상 아반떼를 본 기억이 없었다.

"그러면 다 끝난 거야? 이제 휴대폰으로 연락해도 괜찮아?"

"아직, 아직 안 끝났어."

병윤이 단호하게 말했다.

가영을 못살게 굴던 사람은 처리했다. 그러나 아직 형이 남았다. 원래는 빨리 끝낼 작정이었으나 아직도 형을 죽이지 못했다.

"언제쯤이면 될까?"

"지금으로서는 나도 잘 모르겠어."

분명 안동 소주에 수면제를 탔다. 술이 줄어들었길래 암세포도 미리 챙겼다. 그런데 형은 잠들지 않았다. 다음 날 아침 멀쩡히 일어나 교회에 가버렸다.

그 후로도 병윤은 형이 술을 마시기만을 기다렸다. 하지만 웬일인지 술을 좋아했던 그가 소주에 손도 대지 않았다. 강의도 취소돼서 할 일도 없다는데, 냉장고에 있는 술마저도 입에 대지 않았다.

"혹시 말이야." 가영이 눈치를 보더니 제안했다. "이제 그만하면 어떨까?"

"뭐를?"

"의심을 안 받을 때 멈추는 게 좋잖아. 지금으로도 충분히 괜찮아."

병윤은 못 들은 척 떡볶이를 저었다.

"떡이 다 익었다. 이제 불 끌게."

"우리 다시 생각해보자. 네가 감방에 가는 걸 보고 싶지 않아."

병윤은 감방이라는 단어에 주위를 살폈다. 다행히 음식점 안에는 사람이 없었고, 가게를 혼자 운영 중인 사장님도 부엌에 있는 상황이었다.

"걱정 마. 절대 그런 곳은 안 가니까."

"한 번은 안 걸릴 수 있어도, 두 번도 안 걸린다는 보장이 없잖아. 형사가 일주일을 따라다닌 걸 보면 의심하고 있는 게 분명한데……."

"의심을 한다 해도 상관없어. 어차피 증거를 잡지 못할 거야."

"병윤아, 굳이 위험을 감수할 필요가 없어. 이제 우리 둘이 도망가면 되잖아."

가영은 조폭의 딸이었다. 그것은 평생 벗어날 수 없는 굴레라는 말이었다. 그녀가 연을 끊으려는 시도라도 하면, 최기정이 득달같이 찾아내 가영의 머리채를 끌고 집으로 데려갔다. 가영의 발목은 항상 최기정의 손안에 있었고, 도망은 평생 불가능했다.

"나는 아직 도망갈 수 없어."

병윤도 마찬가지였다. 병윤은 어린 시절부터 죽을 뻔

한 고비를 여러 번 넘겼다. 자신을 죽이려는 사람과 한집에 같이 살며, 매일 밤 오늘만은 무사하길 빌어야 했다. 키가 자신의 두 배가 넘는 형이 무기를 들고 다가오는 순간마다 끔찍한 공포를 느꼈다. 그가 든 무기는 매일 근처에 있는 물품으로 바뀌었다. 야구 방망이, 건조대, 과도가 된 적도 있었다. 형이 칼을 든 순간을 떠올리면 지금도 온몸에 식은 땀이 날 정도였다.

"아니야. 이제 쫓아오는 사람은 없어. 우리 둘이 도망 가면 돼."

집에서 도망치기를 시도해보지 않은 것은 아니다. 언제나 도망이 실패로 끝이 났을 뿐이다. 형만 사라지면, 그 괴물만 사라진다면 모든 문제가 해결되었다. 이제는 맹목적이 되어버린 다짐을 병윤은 주문처럼 되뇌었다.

"밥부터 먹자."

가영도 더는 병윤을 닦달하지 않았다. 누구보다도 그의 심정을 잘 알고 있기 때문이었다. 그래서 둘은 수요일 점심에 여느 평범한 커플과도 같이 떡볶이를 나눠 먹었다.

"이제 뭐 할까?"

"밖에 보니까 인형 뽑기 가게가 새로 생겼던데 한번 가볼래?"

가영이 해맑게 제안했다.

"좋아."

병윤은 계산서를 들고 카운터로 향했다. 벨을 누르니

주방 안에 있던 사장님이 달려 나왔다.

"1만 5,800원입니다."

가영이 뛰어오더니 자신의 카드를 내밀었다.

"대신에 인형 뽑아줘."

병윤은 고개를 끄덕였다.

가영의 손을 잡고 골목길을 걸었다. 잠시나마 찾아온 행복이 무서울 정도였다. 아직 큰일이 끝나지 않았는데 이렇게 행복해도 되는지 의심이 들었다. 병윤은 애초에 행복이라는 것이 익숙하지 않았기에 언제나 두려움이 먼저 찾아왔다.

"저기야!"

하지만 오늘만큼은 잠시 집안일을 잊고 가영이 이끄는 대로 몸을 맡겼다.

도착한 곳은 옆 골목의 인형 뽑기 가게였다. 자주 가던 포차가 사라지고 뽑기샵으로 바뀌어 있었다. 가영은 여러 기계들 중 한 대를 가리켰다. 그녀가 좋아하는 캐릭터 인형이 들어 있는 것이 보였다.

"현금 있어?"

가영이 물었다.

"가방 안주머니에 지갑이 있는데 꺼내줄래?"

병윤이 뒤를 돌아 책가방을 내밀었다.

"제일 안쪽 말하는 거지?"

가영은 능숙하게 가방을 열었다. 첫 번째 지퍼를 열면

안쪽에 자물쇠가 숨겨져 있는 구조였다. 가영은 망설임 없이 세 자리 비밀번호를 풀었다. 829. 가영이 가방을 선물하며 그녀의 생일로 비밀번호를 설정했기 때문이었다.

"병윤아, 이거 뭐야?"

그런데 가방을 열던 가영이 갑자기 큰 소리를 냈다.

"왜?"

"잠깐 가방 벗어봐."

병윤은 고분고분 책가방을 벗었다. 가영이 가방 안을 뒤집어 살피더니 특정 부분을 손가락으로 짚었다.

"여기 꿰맨 자국이 있어. 언제 찢어졌어?"

"찢어진 적은 없는데. 어디 말하는 거야?"

병윤도 그 부분을 확인했다. 정말로 옆선이 뜯어졌다가 다시 붙여놓은 흔적이었다. 소매치기를 당한 것처럼 찢긴 자국이었으나, 최대한 티가 안 나게 선을 따라 꿰맨 것이 눈에 띄었다.

"정말로 찢어진 적 없어?"

"한 번도 없었어."

"그러면 누가 몰래 찢은 거잖아."

깔끔한 바느질 상태를 보면 엄마의 솜씨 같았다.

"엄마가 몰래 열어본 건가?"

"어떡해, 전부 다 아신 거 아니야?"

그러고 보니 술을 좋아하는 형이 어느 순간부터 술을 먹지 않았다. 안동 소주를 처음 받고 기뻐하던 사람이 이제는 소주를 쳐다보지도 않는다.

"형이 요새 자기 방에만 처박혀 있던데……, 알게 된 걸까?"

"몰래 살펴본 게 확실해. 네가 죽이려는 걸 알게 된 거잖아."

"그런데 형이 나한테 뭘 물어본 적이 없었어. 형이라면 나를 붙잡고 왜 그랬냐고 캐물을 텐데……."

"병윤아, 이제 그만하자."

가영은 남자 친구의 손을 꼭 잡았다.

"침착해."

"너무 위험한 일이야."

"가영아, 진정해봐. 형이 사라져야만 우리가 행복해질 수 있어. 이미 얘기를 했던 거잖아."

하지만 가영은 고개를 저었다.

"졸업식이 끝나면 우리 그냥 도망가자. 부산으로 가서 수의사 자격증을 따는 거야. 내가 받은 유산이 있으니까 동물병원 하나쯤은 차릴 수 있어. 너네 형은 절대로 부산까지 따라오지 못해."

병윤도 도망을 시도해본 적이 있었다. 대학에 입학하자마자 집에서 뛰쳐나온 것이다. 그렇지만 집에는 엄마가 있었다. 병윤이 사라지니 모든 폭력이 엄마에게로 집중되었다. 엄마는 같은 다리를 집중적으로 맞았고 이제는 걷기 힘든 상태가 되었다. 병윤이 영영 사라진다면 엄마가 어떤 피해를 겪게 될지 상상조차 하고 싶지 않았다.

"어머님도 같이 가면 되잖아. 여기 오피스텔을 정리하면 세 명이 살 집도 충분히 마련할 수 있을 거야."

병윤은 그 제안에 회의적이었다. 뼛속까지 각인된 불행한 기억 때문이었다. 형과 조금이라도 엮여 있다면, 근본적으로 자유로워질 수 없다고 생각했다.

"형이랑 얼굴만 안 봐도 없는 사람처럼 살 수 있어."

"그럴 수 있을까?"

"물론이지. 부산으로 가서 오늘처럼 함께 산책하고, 밥 먹고. 그렇게 살자."

병윤도 많은 것을 바라지 않았다. 딱 오늘처럼만 위험할 일 없이 병윤을 아껴주는 사람과 밥을 먹는 것, 단지 그뿐이었다. 소박하기만 한 꿈을 평생 동안 바라왔다.

"내일 졸업식이 끝나면 천천히 생각해보자."

"병윤아, 잘 생각해봐."

"우리 인형부터 뽑자. 내가 저거 뽑아줄게."

병윤은 답을 찾지 못하고 결정을 미루었다.

"알았어. 그러면 저거 말고 이상해씨로 뽑아줘."

누구보다도 그를 잘 알았기에 가영은 그저 기다려주었다. 그래서 하루뿐이었지만 병윤은 평범한 데이트를 즐길 수 있었다.

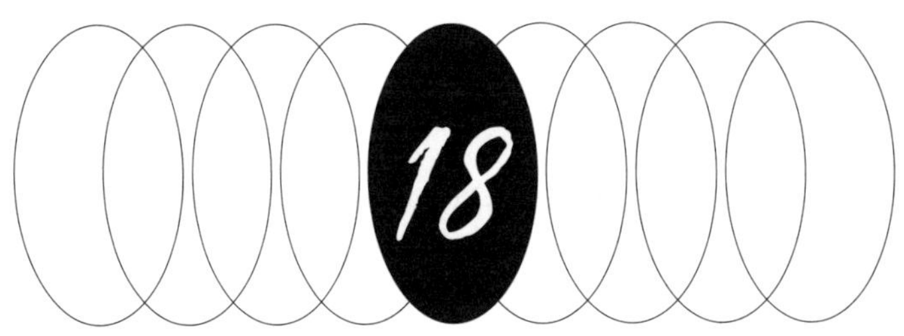

이른 아침부터 병윤은 양복을 챙겨 입었다. 졸업식은 오후 2시였으나 해야 할 일이 많았다. 학교에 가서 학사복과 학사모를 빌리고, 이곳저곳 인사도 드려야 했다. 꽤나 촉박한 시간이었다. 병윤이 서둘러 넥타이를 맸다.

거실로 나가니 샤워를 끝낸 가영이 화장실에서 나오고 있었다. 오늘도 병윤은 다가가 포옹으로 인사를 대신했다. 이제는 습관이 된 인사법이었다.

"나 먼저 가 있을게."

"알았어. 나는 이따 점심시간에 맞춰서 엄마랑 같이 갈게."

"오늘 어머니도 오셔?"

병윤은 처음 듣는 이야기였다. 가영만 올 줄 알았건만, 그녀의 어머니가 오신다니 조금 당혹스러웠다. 혹시 다른 형님들도 오는 건 아닐까 걱정이 되었다. 조폭들에 둘러싸여서 졸업을 하고 싶은 마음은 추호도 없었다. 병윤의 걱정을 알아챘는지 가영이 묻기도 전에 답변해주었다.

"엄마만 들른대. 어제 엄마가 꽃집에 가서 10만 원짜리 꽃다발도 주문했더라."

"그렇게까지 안 하셔도 되는데…….."

"엄마 혼자 신나셨길래 말리지 않았어. 그리고 너희 어머님은 언제 오셔?"

병윤의 엄마를 묻는 것이었다.

"2시에 맞춰서 오라고 했어. 졸업식을 보다가 사진 찍고, 저녁 먹으면 될 것 같아서."

"좋다. 그러면 점심은 우리랑 먹으면 딱이네." 가영은 조심스러운 말투로 덧붙였다. "형도 오는 거야?"

"엄마가 데려온다는데 모르지 뭐."

가영이 고개를 끄덕였다. 그러고는 병윤을 가만히 끌어안았다.

"졸업 축하해."

"고마워."

"다시 생각은 해봤어?"

가영은 병윤의 귀에 대고 속삭였다. 여전히 형을 죽일 마음인지 궁금한 눈치였다.

“어제 고민해봤는데 변함이 없어.”

병윤도 여기서 멈춰야 하나 고민했다. 하지만 역시 형이 사라지는 것은 병윤이 평생 동안 바라온 소원이기도 했다. 또한 조금이라도 형과 엮일 수 있는 가능성을 남겨두고 싶지 않았다.

“확실하게 결정한 거야?”

“응. 역시 형이 없는 편이 좋겠어.”

“나도 그게 제일 좋은 건 알아.” 가영은 한숨을 쉬더니 조곤조곤한 말투로 이어 말했다. “나도 아빠가 사라지고 완전한 행복이 뭔지 깨달았으니까 말이야. 그렇지만 최악만 피하자는 거야. 네가 형사한테 잡히거나, 혹은 시도가 실패하면 그 후는 최악이 되어버리니까. 지금 도망가는 건 최선은 아니라도 최악은 피할 수 있어.”

가영의 말도 이해가 되었다. 지금보다 최악이 될 가능성이 있었다. 그렇다면 차악을 선택하는 것이 바람직할지도 모른다.

“무슨 말인지는 알겠어.”

“그러니까……, 꼭 당장은 아니어도 좋으니까…… 천천히 생각해봐.”

가영은 병윤의 넥타이를 다시 매주었다. 병윤보다 훨씬 더 섬세한 손놀림으로 머리도 정리해주었다.

“그럴게.”

병윤은 마지막 인사를 건네고 오피스텔을 빠져나왔다.

겨울답지 않게 하늘이 드높았다. 병윤은 학교까지 걸어가는 것만으로도 행복을 느꼈다. 결코 행복은 먼 곳에 있지 않다. 형 얼굴만 보지 않아도 삶이 행복해지는 것이 실감됐다.

대학교 정문을 지나 수의대 행정실을 향했다. 아침인데도 벌써부터 도로에는 차가 꽉 막혀 있었다. 거리에는 꽃을 파는 상인들이 줄지어 있었는데, 자동차 사이사이로 '꽃다발 1만 원'이라는 팻말을 들고 돌아다녔다. 지나가는 병윤에게도 꽃다발을 들이밀었다. 그렇지만 병윤은 가영이 어머님이 주신다는 꽃을 상상하며 그들을 물리쳤다.

행정실에 도착해 옷부터 빌렸다. 화장실로 직행해 양복 위에 학사복을 둘러 입어보았다. 학사모까지 맞춰 쓰니 이제야 졸업을 하는 게 실감이 났다. 그래도 6년 동안 열심히 다닌 학교였던지라 괜스레 뿌듯함과 섭섭한 마음이 들었다.

병윤은 연구실에 찾아가 교수와 선배들에게 인사를 했다. 어차피 개강하면 병윤을 또 볼 사이라 그런지 다들 반가운 얼굴로 축하 인사를 건넸다. 아쉬움을 느끼는 건 병윤뿐이었다. 병윤도 졸업이 기뻤지만 왜인지 모르게 마음 한편이 아쉽기만 했다.

연구실에서 나와 돼지 축사로 발길을 옮겼다. 관리인이 축사 안에서 사료를 나눠주고 있었다. 병윤은 관리인에게 달려가 뒤에서 그를 껴안았다.

"형, 잘 지내셨어요?"

"병윤 씨, 졸업이군요."

관리인이 병윤의 엉덩이를 두드렸다.

"마지막으로 인사드리려고 잠시 들렀어요."

"저희 다음 주부터 보는 거 아니에요?"

그랬다. 분명 원래의 일정대로면 다음 주 개강을 하면 연구실로 돌아와야 했다.

"아직 모르겠어요. 이사를 갈 수도 있거든요."

병윤은 생각과는 다르게 말을 뱉었다. 말을 하고 나서야 졸업식이 아쉬웠던 이유를 알아차렸다. 애써 무시하고 있었지만 가영의 제안이 마음에 남아 있던 것이다. 부산으로 가서 둘이 산다는 것은 거절할 수 없는 매력적인 제안이었다.

"이거 드세요."

병윤은 챙겨 온 롤케이크를 선물로 건넸다.

"축하 선물은 제가 드려야지요."

"아니에요. 제가 2주 동안 축사 관리도 못 하고, 저 대신 삼식이도 봐주셨잖아요."

병윤이 미니 돼지를 한 마리 가리켰다. 우리 안을 열심히 뛰어다니는 조그마한 돼지였다.

"어차피 하는 일인데 한 마리 더 챙기는 게 무슨 대단한 일이라고요."

"처음부터 안락사 반대하는 데 힘을 실어주기도 했잖

아요. 겸사겸사 감사해서 사 왔어요. 서울에서 사 온 딸기 롤케이크니까 이따가 꼭 드세요.”

“그럼 잘 먹겠습니다.”

관리인은 빵 봉지를 받았다.

“삼식이는 잘 지내고 있나요?”

눈으로 봐서는 아주 건강해 보였다. 돼지가 무슨 강아지처럼 활기차게 뛰어다녔다.

“너무 잘 지내서 탈이죠.”

“특별히 아프지는 않았고요?”

“삼식이가 아픈 건 본 적이 없네요. 쉬지 않고 뛰어다녀서 옆에 있는 녀석이 스트레스를 받은 적은 있었지만요.”

병윤은 뛰어다니는 돼지를 직접 확인했다. 순간적으로 돼지 목을 붙잡아 들어 올렸다. 돼지는 필사적으로 우는 소리를 냈는데, 그 울음소리가 건강함을 증명하고 있었다. 웃는 상의 얼굴에 몸에도 살이 조금 오른 모습이었다.

돼지가 이래서는 안 되었다. 병윤은 자기도 모르게 인상을 썼다.

안락사 위기에 놓인 미니 돼지 두 마리를 맡아 키운 것은 죽이기 위해서였다. 두 놈 모두에게 암세포를 주입했다. 사식이는 주사를 놓은 직후부터 비실비실하더니 5일 후에 사망했다. 그런데 같은 주사를 맞은 삼식이는 오히려 더 건강해졌다. 한 달이 넘어가는 지금까지도 죽을 기미는 보이지 않았다.

"건강해서 다행이죠?"

관리인이 물었다. 삼식이를 돌보는 병윤을 기특한 눈빛으로 쳐다보는 중이었다.

"네. 계속 지금처럼만 건강했으면 좋겠습니다."

병윤은 마음에 없는 말을 했다.

주입한 것이 독이 아니라 암세포였기 때문에 제대로 정착이 안 될 수 있다고 가설을 세웠다. 걸리지 않는 방법이었지만 확실한 방법은 아니라는 이야기였다. 형도 삼식이처럼 실패할 수 있다.

병윤은 형에게 주사를 놓는 장면을 생각했다. 그는 병윤의 흑심을 알고 있을지도 모른다. 모든 것을 감수하고 주사를 놓았는데, 형이 살아남기라도 한다면 그 뒤에 벌어질 끔찍한 상황은 짐작도 되지 않았다. 형은 분명 보복을 하고도 남을 사람이었다.

어린 시절 과도를 들고 다가오던 형이 떠올랐다.

순간 현기증이 일었다. 모든 혈관이 마치 오물 쌓인 하수구처럼 꽉 막힌 듯했다. 산소가 차단되고 숨이 쉬어지지 않았다. 식은땀이 흐르며 심장이 떨렸지만 하수구는 여전히 뚫릴 기미가 없었다. 병윤은 억지로 심호흡을 했다. 어린 시절에 당했던 기억만 떠올리면, 그때의 공포가 되살아나 끔찍한 상태가 되어버렸다.

그 틈에 삼식이는 보란 듯이 병윤의 손을 빠져나와 신나게 우리를 달렸다. 형도 삼식이 같다면 어찌해야 할까?

"괜찮으세요?"

병윤이 미동도 없자 관리인이 다가왔다.

"괜찮습니다."

끔찍한 기분과 마주할 때면 모든 것을 내려놓고 싶었다. 과거의 기억은 사라지지 않았고, 고통은 주기적으로 찾아왔다. 벗어나고 싶어도, 벗어날 수 있다고 믿어도, 몸은 그때의 공포를 잊지 않았다. 차라리 정신이 꺼지기를 바랄 정도였다.

그런 병윤 앞에서 삼식이만 눈치 없이 달리고 있었다.

다행히 가영이 덕택에 떨리는 몸을 진정시킬 수 있었다. 가영에게서 어머니와 함께 수의대 앞에 도착했다는 연락이 온 것이다. 병윤은 관리인에게 인사를 건네고 축사 밖으로 나갔다.

한눈에 차를 타고 도착한 가영을 알아볼 수 있었다. 그녀는 최기정의 차를 타고 나타났는데, 다행히도 운전석에는 조폭 대신 우아한 옷차림을 한 중년 여성이 앉아 있었다.

"어머니!"

병윤은 반갑게 손을 흔들었다.

"어디 좀 보자."

중년의 여성은 애정 어린 눈빛으로 병윤을 바라보았다. 그녀는 차에서 내리며 거대한 꽃다발을 하나 꺼냈다. 작은 화단처럼 꽃다발에는 다채로운 꽃이 종류별로 꽂혀 있었다. 병윤이 태어나서 처음 받아보는 꽃다발은 과분할 정도의 아름다웠다.

"잘 지내셨어요?"

"우리 아들 보고 싶어서 혼났어."

여성은 다가와 병윤을 껴안았다. 그 모습이 가영과 너무도 닮아 병윤은 저절로 미소가 나왔다.

"우리 사진부터 찍을까요?"

옆에서 가영이 카메라를 들고 나타났다.

"그러자. 여기 수의대 간판 앞에 서봐."

중년 여성은 학사복에 붙은 먼지를 털어주었다. 그 손길이 엄마보다 더 따스했다.

"그러면 나는 사진에 안 나오잖아."

카메라를 든 가영이 항의했다.

"둘이 먼저 찍고, 부탁하면 되지."

여성은 병윤의 옆자리를 놓치지 않겠다는 듯이 옹골차게 팔짱을 꼈다. 그녀의 단호함에는 따뜻한 애정이 배어 있었다.

"병윤이네 어머니는 아직 안 오셨니?"

"제가 이따가 2시에 오시라고 했어요."

"이참에 상견례나 할까 했는데 안 되겠네."

중년 여성 나름의 농담인 듯했다. 옆에서 가영이 그녀를 말렸다.

"엄마, 주책이야. 졸업이나 축하해주고 가."

"그래야지." 여성이 눈빛을 바꾸더니 물었다. "근처에 비싼 식당이 어디야? 졸업 기념으로 점심 쏜다."

그녀의 눈빛만 봐도 배가 부를 정도였다. 이런 전폭적인 사랑을 받아본 기억이 언제인지 가물가물했다. 교수들이 가는 식당에 자리를 잡고 밥을 먹을 때도, 두 여자는 병윤에 대한 애정을 숨기지 않았다.

"너네 부산으로 가면 나도 따라갈 의향이 있다."

밥을 먹던 여성이 이야기를 꺼냈다. 병윤은 무슨 소리인지 몰라 어리둥절해하니 가영이 설명해주었다.

"사실 부산이 엄마 고향이거든."

"내가 부산 남포동에서 태어났어. 친정도 아직 그쪽에 있고, 나도 부산이 더 좋다."

"엄마 말로는 부산이 살기도 더 좋대."

"딱 둘이 결혼하고 가면 되겠어. 많이도 안 바라고 서로 의지하면서 살면 그만이야. 특히 아이를 먼저 낳아. 아이가 있으면 의지가 되거든. 나도 가영이한테 의지를 많이 했어."

행복한 가정을 꾸려서 아이를 낳고 서로 의지하며 사는 것. 아직 병윤에게는 먼 일로 느껴졌다. 특히나 의지라는 단어는 어색하기만 했다. 가족이 의지가 되는 경험을 해본 적이 없기 때문이었다.

"엄마가 나한테 의지를 했다고?"

가영이 못 믿겠다는 얼굴을 했다.

"그럼! 너 아니었으면 진작 도망갔다."

여성은 빙긋 웃었다. 전보다 그녀의 얼굴이 더 환해진 모습이었다.

병윤은 식사를 하며, 지금처럼만 행복하면 더 바랄 것이 없겠다는 소원을 빌었다. 함께 부산으로 내려가 살면 괜찮지 않을까? 형과 연을 끊고 행복을 꿈꿔도 되지 않을까? 금기와도 같은 생각이 슬금슬금 병윤을 침범하기 시작했다. 잠시나마 행복을 그려보았다.

그러나 꿈은 너무나도 찰나였다. 꿈이 순간의 욕심이었다는 것이 밝혀진 건 얼마 지나지 않아서였다.

식사를 마치고 졸업식이 열리는 체육관으로 이동했다. 2시가 되어 갔지만 아직 병윤의 엄마에게서 연락이 오지 않았다.

"어머님은 아직 안 오셨어? 이제 시작할 텐데⋯⋯. 길을 헤매시는 거 아니야?"

가영이 걱정을 했다.

높고 맑았던 하늘에는 점점 심상치 않은 먹구름이 드리워오고 있었다.

"먼저 가족석에 들어가 있어. 내가 연락해서 모시고 갈게."

평범한 행복은 병윤에게는 과분하기만 한 것이었다. 그리고 그는 곧 그것을 뼈저리게 느껴야만 했다.

가영의 모녀를 먼저 들여보내고 병윤이 엄마에게 전

화를 걸었다. 휴대폰은 받지 않아 혹시나 싶어 집으로 전화를 걸어보았다. 통화가 연결되자마자, 갑자기 비명 소리가 들려왔다.

"여보세요?"

병윤은 신경을 곤두세웠다.

"병윤이니? 병윤이야?"

"엄마, 아직도 집이야?"

"도와줘. 병윤아, 제발."

하필 지금 일이 터지고 말았다. 수화기 너머로 익숙한 소리가 들려왔다. 형이 물건을 부수는 소리, 엄마의 비명 소리, 병윤을 움직이지도 못하게 만드는 지옥의 소리였다. 또다시 병윤의 모든 혈관이 막히기 시작했다. 그의 몸 곳곳에 오물이 쌓여갔다. 이것들을 어떻게 처리해야 할지 병윤은 알지 못했다.

"병윤아, 제발. 집에 와주렴."

주위에서는 졸업식이 한창이었다. 눈앞엔 학사복을 입은 학생들이 가득했다. 모두는 각자의 가족에 둘러싸여 미소를 짓고 있었다. 밝은 사람들 사이에서 비명 소리를 듣고 있는 것은 오직 병윤뿐이었다.

병윤은 심호흡을 했다. 억지로 두려움을 가라앉혔다. 그러고는 정신을 차리고 엄마에게 대답했다.

"형한테서 도망쳐. 엄마, 형을 두고 이리로 와."

"그게 무슨 말이니?"

"엄마, 우리끼리라도 잘 살아보자."

"가족이 챙겨야지, 무슨 말을 하는 거야?"

엄마는 형보다도 더 큰 목소리로 소리를 쳤다.

"우리라도 행복하게 살면 안 되는 거야?"

"무슨 말도 안 되는 소리야! 형이 지금도 네 이름을 부르고 있어. 집으로 들어와서 네가 형을 진정시켜야지. 병윤아, 네가 해야 해."

"나 곧 졸업식이야. 이제 시작하려고……."

"여기 사람이 죽어가는데 그게 대수야? 형부터 말리고 그때 생각하자."

형은 언제나 행복해야 하는 날에 병윤을 붙잡았다. 하필 병윤의 생일에 발작을 했고, 하필 병윤이 상을 받는 날에 사고를 쳤다. 그런 날이면 병윤은 하루 종일 형의 곁을 지키며, 끔찍한 공포와 싸워야만 했다.

"왜 내가 조금이라도 꿈을 꿔보려는 순간에만 망가지는 거야? 나도 과분한 거 알아. 그런데 딱 하루만, 남들처럼만, 평범하게……. 졸업식을 하는 게 그렇게 어려운 일이 아니잖아."

수화기 너머로 고막을 찌르는 외침이 들렸다.

"칼은 내려놔!"

"엄마?"

둔탁하게 부딪히는 소리들이 이어졌다. 수화기를 바닥에 떨어트린 듯했다. 아무리 엄마를 불러보아도 더 이상 대답이 들려오지 않았다.

"병윤아!"

가영이 행복한 얼굴로 체육관에서 다가왔다. 돌아오지 않는 병윤을 걱정해 데리러 온 것이다.

병윤은 잠시나마 모든 것으로부터 도망쳐 가영과 함께할 달콤한 꿈을 꿨다. 너무나도 달콤해 이루어질 수 없는 것이라는 사실을 망각했다. 그리고 이제야 비로소 현실을 직시했다.

"아직도 안 오셨어? 지금 막 졸업식 시작했어."

형이 사라지지 않는 한 악몽의 고리는 끊기지 않는다.

"가영아." 병윤은 용기를 내었다. "나 집에 다녀올게."

그 표정만으로도 가영은 상황을 직감한 듯이 말을 잇지 못했다.

"형한테 직접 주사를 놓는 게 무서웠어. 그래서 수면제로 잠들 때까지 기다리고만 있었어. 그런데 더 이상 기다릴 수가 없게 됐어."

한참 후에 가영은 겨우 한마디를 내뱉었다.

"가지 마."

"꼭 성공해서 돌아올게."

가영의 눈에 눈물이 맺혔다. 그녀는 필사적으로 울음을 참았다.

"어제 꿈이 불안했어. 아무래도 잡힐 것 같단 말이야. 딱 오늘까지만 내 옆에 있어줘."

“…….”

여전히 수화기 너머로는 형의 외침이 들려왔다. 그것은 인간의 소리가 아니었다. 진공관이 쏠리는 소리와도 같은, 그야말로 괴물의 목소리였다.

“가지 마, 제발.”

가영이 병윤의 소매를 붙잡았다.

“아버님이 살아 계셨을 때를 생각해봐.” 병윤은 이미 마음을 굳혔다. “이런 졸업식은 불가능했을 거야. 어머님은 참석하지도 못하셨을 테고, 조폭들이 줄을 지어 찾아와 형식적인 인사만 하는 날이 되었겠지.”

가영도 그렇게 생각하고 있기에 그 말에 별다른 반박을 하지 못했다.

“준비는 완벽해. 연습도 많이 했으니까 절대로 잡힐 일은 없을 거야. 가서 엄마를 구하고 올게.”

병윤은 공포의 고리를 끊고 싶었다. 엄마를 구하는 것뿐만 아니라 계속되는 트라우마 속에서 병윤 스스로를 구해내고 싶었다.

“대신 절대 걸리면 안 돼.”

계속된 설득 끝에 결국 가영도 허락을 했다.

“무조건 잡히지 않고, 한 번에 성공할게.”

확실하게 하려면 평소보다 많은 암세포가 필요할지도 모른다. 병윤은 냉장고에 남은 모든 암세포를 챙겨야겠다고 계획을 세웠다.

“무조건 성공하고 돌아와야 해.”

가영이 몇 번이나 신신당부를 했다.

그렇게 병윤은 형을 죽이기 위해 길을 나섰다.

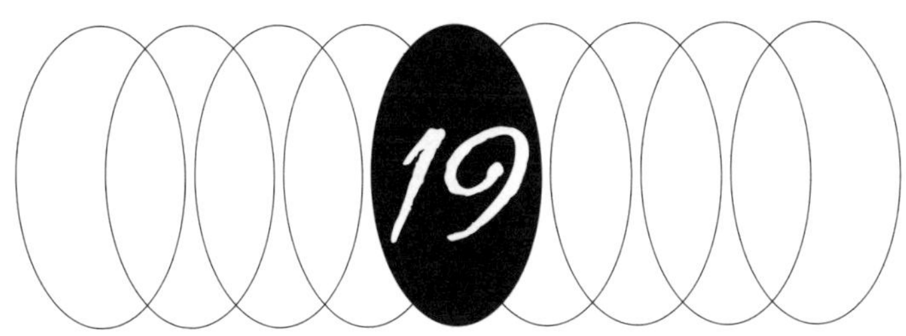

　병윤이 아이스박스를 들고 집 앞에 도착했다. 301호 문만 열면 집이다. 그런데 차마 안으로 들어갈 수가 없었다. 병윤은 우선 문에 귀를 대어보았다. 택시를 타 1시간이 조금 안 걸려 집에 도착했다. 아직까지도 형은 발작을 하고 있을까?

　문안에서는 별다른 소리가 들리지 않았다. 그 점이 더욱 병윤을 긴장하게 만들었다. 엄마가 쓰러져 있을지도 모른다는 불길한 생각이 머릿속을 지배했다. 당장 뛰어 들어가 엄마를 확인하고 싶었다. 그러나 한편으로는 병윤도 공격을 받을지 모른다는 두려움이 자꾸만 행동을 막았다.

　형을 보자마자 목뒤에 주사를 놓아야 한다. 병윤은 아

이스박스를 열어 새 주사기에 노란 액체를 채웠다. 중요한 것은 망설임 없이 바로 꽂아야 한다는 것이었다. 형이 뒤돌기 전에, 힘으로 제압당하기 전에, 단번에 성공해야만 했다.

'실패하면 어떡하지?'

만약 실패한다면 역으로 형한테 주사기를 뺏기는 일이 벌어질 수 있을 것이다. 병윤에게 주사가 꽂힐 수도 있다는 말이었다. 그러나 병윤은 애써 그런 생각을 털어버렸다. 실패는 없다. 지금은 배수의 진을 치는 방법뿐이었다. 역공을 당하더라도 끝까지 주사를 놓기, 답은 하나였다.

병윤이 용기를 내서 현관문 비밀번호를 눌렀다.

집은 조용했다. 현관에는 여러 신발들이 널브러져 있었고, 특별한 점은 보이지 않았다. 병윤이 한 손에 주사기를 꽉 쥔 채 조심스럽게 거실로 진입했다.

아무도 보이지 않았지만 거실 티브이가 부서져 있었다. 오늘의 무기는 야구방망이로 보였다. 방망이의 파편과 함께 티브이의 유리가 온 사방에 흩뿌려진 상태였다. 병윤은 발을 다치지 않게 조심하며 상황을 파악하려 노력했다.

"왔니?"

그때 부엌에서 소리가 들렸다.

병윤이 재빨리 뒤를 돌아 방어 자세를 취했다.

"엄마?"

식탁에는 엄마가 혼자 덩그러니 앉아 있었다. 머리가 헝클어질 대로 헝클어져 산발이 된 모습이었다. 목이 늘어난 티셔츠의 한쪽 팔이 빨간 피로 물들어 있었다.

"괜찮아? 병원에 가봐야 하는 거 아니야?"

"말리다가 잠깐 스친 거야. 피도 멈춰서 괜찮아."

어느 때보다도 엄마의 얼굴이 지쳐 보였다. 길을 모르는 곳에서 3일은 헤맨 사람 같은 몰골이었다.

"형은 어디 갔어?"

병윤은 경계의 자세를 풀지 않았다. 언제라도 주사를 놓을 수 있게끔 오른손을 준비했다. 그러나 엄마의 대답은 의외였다.

"나갔어."

"밖으로 나갔다고? 언제? 어디를 갔어?"

"성가대 연습하러 간다고, 조금 전에 전화가 왔어. 괜찮아진 것 같더라. 그래서 일단 가게 내버려두었어."

형이 지금 교회에 있다는 말이었다.

오히려 잘된 것일지도 몰랐다. 집은 형이 마음껏 폭력을 휘두를 수 있는 장소였지만 교회는 달랐다. 형은 평판을 중요시하는 사람이었고, 교회에서 발작한 적은 없었다.

"지금 교회에 있다는 거지?"

"그래."

엄마가 한숨을 쉬었다.

그사이 병윤은 주사기를 다시 아이스박스 안에 챙겨 넣었다. 교회로 가야 했다. 공개된 장소라는 것이 걸리기는 했지만, 지하실이나 계단에서 조용히 주사만 놓는다면 모든 일이 간단히 끝날 것이다.

주사를 맞은 최기정을 보면 맞은 직후 평소와 똑같이 움직일 수 있었다. 형도 마찬가지일 것이다. 교회에서 평소처럼 생활하다가 며칠 후 죽어주기만 하면 완벽했다. 병윤이 아이스박스를 잡으며 결연하게 말했다.

"엄마, 나 지금 일을 실행할 거야."

엄마는 반쯤 영혼이 나간 사람처럼 허공을 바라보며 앉아 있었다.

"무슨 일 말이니?"

"그때 말했던 거 말이야. 내가 꼭 엄마를 구해줄게."

엄마가 병윤의 말을 이해하기까지는 잠시 동안의 시간이 필요했다. 오랫동안 허공을 응시하던 엄마가 순간 눈이 뒤집히며 소리를 쳤다.

"절대 안 돼!"

"이 방법밖에 없어."

"안 돼, 절대 안 돼. 너도 형을 알잖아. 원래는 안 그런 사람이었어. 시간만 지나면 다시 돌아올 거야."

형이 어린 시절부터 발작을 했던 것은 아니었다. 초등학교 때 머리를 다친 이후부터 변하기 시작했다. 엄마는 형이 정상으로 돌아오기를 믿어 의심치 않았다. 그러나 병윤의 생각은 달랐다.

"엄마, 형은 그날 죽었어야 해."

"무슨 소리야! 네 형은 잠깐 아픈 거뿐이야. 곧 괜찮아질 거야. 원래대로 돌아올 거라고!"

"내가 학교에서 배웠어. 그런 증상은 뇌가 완전히 손상되어 나타나는 거야. 그리고 현대 의학으로 고칠 수 있는 방법이 없어."

어린 시절 엄마는 종종 형이 병이 있다고 둘러댔다. 멀쩡하다가 갑자기 발작을 해서 폭력을 휘두르고도 본인은 기억하지 못하는 것이, 전부 머리를 다쳤기 때문이라고 말했다.

병윤은 수의대에 들어가서 뇌에 대해 집중적으로 공부를 했다. 형의 병명을 찾기 위해서였다.

그리고 비슷한 것을 찾아냈다. 인간의 뇌 중에서도 전두엽에 손상을 받으면 통제력이 약해지며 폭력을 휘두르는 일이 발생했다. 형처럼 발작을 하고 기억을 못 하는 형태였는지는 모르겠지만, 전두엽을 다쳤을 때 일어나는 일이었다. 문제는 전두엽을 제거하는 것 말고는 아직까지 치료법이 없다는 것이었다. 그러니 형은 죽지 않은 이상 치료가 불가능했다.

"너도 멀쩡하던 형을 알잖아. 다시 괜찮아질 수 있어."

형에 대한 엄마의 믿음은 종교와 같은 것이었다. 그렇지만 현실적으로 형이 괜찮아질 방법은 없었다. 망가져버린 것은 절대로 완벽하게 복구되지 않는다. 형의 뇌도 마찬가지였다.

"형이 죽는 방법뿐이야."

"밖에서는 멀쩡한 걸 너도 봤잖아. 형 병은 고칠 수 있다는 이야기야."

형은 참 웃기게도 집에서만 발작을 했다. 집에서는 모든 긴장이 풀어져서일까? 어쩌면 형에게 가족은 때려도 괜찮다는 인식이 박혔을 수도 있다. 그 말은 고치는 방법이 있어도, 굳이 행동을 고치지 않을 거라는 말이기도 했다.

"형은 이미 괴물이야."

두 사람은 가장 안전해야 할 집에서 매일같이 생명의 위협을 느끼며 살았다.

"엄마, 여기서 기다려요."

아무도 병윤의 결단을 막을 수는 없었다.

"안 돼!"

엄마는 붙잡고 싶어 하는 눈치였다. 하지만 의자에서 일어나지 못했다. 병윤이 확인하니 엄마의 다리가 아예 휘어져 있었다.

"뼈가 부러졌잖아."

병윤은 119에 전화를 걸어 구급차를 불렀다.

"부르지 마. 난 괜찮아, 괜찮으니까 병윤아, 그러지 말아라. 내가 다 잘못했어. 오늘 졸업식에 못 가서 화가 났구나. 다시는 이런 일 없도록 내가……."

엄마는 병윤의 바짓가랑이를 붙잡고 매달렸다. 여전히 다리를 쓰지 못하는 모습이었다.

병윤은 엄마를 다시 의자에 앉혔다. 다리에 임시로 옷

걸이를 대주었다.

"엄마, 우리 두 발로 걸어 다니면서 행복하게 살자."

"안 돼! 나랑 안 그런다고 약속했잖아?"

"뒷목에 딱 한 방이면 돼."

병윤은 축사를 자유롭게 뛰어다니는 돼지 삼식이를 떠올렸다. 주사를 놓고도 형이 살아날 가능성이 있을까? 없어야 했다. 아니 없다. 돼지 실험에서도 원래 아팠던 돼지는 주사를 맞자 사망했다. 원래 뇌에 문제가 있는 사람에게는 실패할 수가 없다.

병윤이 추적한 결과 최기정처럼 폭력을 참지 못하는 사람들은 공통적으로 전두엽에 문제가 있었다. 마치 악마성을 숨겨놓은 다른 종족처럼 전두엽에 하자가 발견되었다. 그리고 병윤의 암세포는 그들이 가지고 있는 악마성을 막아버리는 것뿐이다. 형도 분명 최기정처럼 작은 암세포에도 전두엽의 혈관이 막히며 사망할 것이다. 무조건 성공할 수밖에 없다. 병윤은 그렇게 용기를 북돋았다.

"다녀올게."

병윤이 확신에 가득 찬 발걸음으로 현관으로 나갔다.

"병윤아, 제발!"

엄마는 당장이라도 아들을 막고 싶었지만 말로는 한계에 부딪혔다. 걷지 못하는 다리가 한스러울 뿐이었다. 그녀는 무조건 병윤을 막아야겠다고 생각했다. 첫째 아들은 죽고, 둘째 아들은 잡혀가는 최악의 상황을 마주하기 전에,

어떻게든 사태를 막아야 했다.

그녀가 전화기 옆에 놓인 번호를 떠올렸다. 무슨 일이 생겼을 때 막아줄 것이라는 병학의 친구 번호였다. 그녀는 다리를 조금씩 끌며 거실로 이동했다. 움직이기 시작하니 종아리가 불에 타는 듯한 통증을 느꼈다. 하지만 그녀는 오직 막겠다는 일념하에 전화기까지 도착할 수 있었다. 그녀는 학준에게 전화를 걸었다.

거대한 교회 건물의 한 면이 유리였다. 색색의 유리는 합쳐져서 한 장의 그림이 되었다. 예수에게 후광이 비치고 모두 그를 향해 절을 하는 그림이었다.

구원자.

처음 병윤이 교회에 와서 그림의 의미를 물었을 때, 목사는 구원자라고 대답했다. 여덟 살이었던 병윤은 구원의 의미를 알지 못했다. 단지 "너를 도와주는 사람"이라는 목사의 설명으로 추측할 뿐이었다.

그때부터 병윤은 유리 속의 예수가 야속해 참을 수가 없었다. 구원자인 그는 왜 병윤은 도와주지 않는가? 병윤만큼 간절하게 도움을 구걸하는 아이가 없었다. 그럼에도 그는 병윤을 무시했다. 억울하다는 단어를 배운 것도 그 시절이었다. 예수가 미웠고, 억울했고, 야속했다.

병윤이 교회에 가지 않은 지 15년도 넘었다. 예수에게 실망을 한 이유도 있었지만, 밖에서까지 형을 봐야 한다는 사실이 끔찍했기 때문이었다. 병윤은 15년 만에 유리 속의 예수를 향해 두 손을 붙잡았다.

'정말로 구원자시라면 저를 도와주세요. 마지막으로 한 번만, 그동안의 고통을 아신다면 제발 오늘만 저를 도와주세요.'

예수의 가호가 있었기 때문인지 상황은 꽤나 괜찮았다. 교회 주차장이 텅 비어 있었던 것이다. 수요 예배도 없는 목요일이라 신도가 없었다. 기껏해야 성가대 몇 명, 충분히 그들을 따돌리고 주사를 놓는 것이 가능했다.

병윤은 고민 없이 예배당이 있는 중앙 건물로 향했다. 성가대 연습은 보통 예배당 바로 밑에 있는 지하 연습실에서 이루어졌다. 그곳이 어린이 예배를 드리는 곳이었기에 병윤은 선명하게 구조를 떠올릴 수 있었다.

예배당 앞에 도착해, 바닥에 붙은 창문으로 지하실을 슬쩍 훔쳐보았다. 안에는 작은 무대와 성가대를 위한 계단식 의자가 놓여 있었다. 유달리도 하얀 형광등이 달린 반지하 방이었다. 어렸을 때 엄마 손에 끌려왔던 그대로의 모습이라 소름이 돋을 정도였다.

성가대 의자에서는 스무 명이 넘는 성가대원들이 종

이를 들고 노래 연습을 하고 있었다. 형을 찾는 것은 어렵지 않았다. 형은 제일 앞에 서서 열심히 노래를 불렀다. 앞으로 나가 지휘를 하기도. 했다. 형을 바라보는 성가대원들의 얼굴은 화기애애했는데, 그만큼 형은 교회에서 평판이 좋았다. 착하고 능력 있는 사람이라는 이미지가 있었다. 그의 가식적인 모습에 병윤은 치가 떨릴 정도였다.

위에서 병윤은 형이 지휘를 하는 모습을 가만히 내려다보았다. 모두가 형을 향해 고개를 조아리는 모습 같기도 했다. 병윤은 다시 한번 그림 속의 예수를 향해 빌었다.

'탈을 쓴 악마의 모습을 지켜보셨다면, 부디 저를 구해주세요.'

어느새 형은 자리로 돌아가 노래 책을 펴들고 있었다. 새로운 노래를 연습하는 중인 듯했다.

병윤은 형의 얼굴을 빤히 쳐다보면서 계획을 차근차근 되새겼다.

지하실에는 사람이 많기에 피해야 한다. 형을 밖으로 부르기 적당한 장소가 필요했다. 예배당 무대 옆에 있는 작은 창고를 떠올렸다. 주로 스피커를 보관하는 좁은 창고였는데, 방음이 되는 것은 물론이고 아무도 들어오지 않기 때문에 범행 장소로 적합할 듯했다.

병윤은 아이스박스를 열고 주사기의 상태를 확인했다. 아직 온도가 적당했으며, 아무런 침전도 일어나지 않았다. 모든 것이 완벽했다. 이제 주사만 놓으면 되었다.

병윤의 손이 떨렸다. 안에 들어 있는 새 주사기를 까서 밀대를 밀어보았다. 형의 뒷목에 주사를 놓는 모습을 떠올리며 마인드컨트롤을 했다. 형의 뒷목 정맥에 바늘을 꽂는다. 빈 주사기보다 무거울 테니 적당히 힘을 주고 밀어야 한다. 병윤은 형의 얼굴을 바라보면서 의지를 불태웠다.

그런데 그 순간 형과 눈이 마주쳤다. 형이 창문을 지긋이 쳐다보는 중이었다.

당황한 병윤이 몸을 아래로 납작 엎드렸다. 바닥에 고개를 파묻고 방금 눈이 맞주친 것이 착각이기를 바랐다. 한참 있다가 조심스럽게 고개를 들어보았다. 그리고 다시 한 번 형과 눈이 마주치고 말았다. 형은 계속 창가를 주시하고 있었다. 그의 얼굴은 무섭게도 화가 난 모습이었다.

다시 몸이 떨리려 했다. 어린 시절의 끔찍한 기억들이 몰려오려 했다.

'나는 그때의 작았던 아이가 아니다.'

병윤이 스스로를 다독였다.

일방적으로 맞기만 했던 어린 시절과는 달랐다. 이제 병윤은 형만큼 키가 컸다. 덩치는 조금 작았지만 형보다 키는 컸다. 어렸을 때와 다르게 힘으로 대항하기 불가능하지 않았다.

되뇌었지만 무서움은 사라지지 않았다. 각인된 기억은 아무리 노력해도 지워낼 수 없었다. 파블로프의 개처럼 종소리만 들리면 자동적으로 침샘이 열렸다. 형의 정색한 얼굴만 보면 의도하지 않아도 몸이 떨려왔다. 반복된 경험이 병윤을 꼼짝도 못 하게 만들었다.

병윤은 고개를 들고 형을 바라볼 용기가 나지 않았다. 또다시 눈이 마주칠까 두려웠다.

"뭐 하냐, 너?"

그런데 등 뒤에 형이 나타났다. 그는 성가대 중간에 빠져나온 듯 보였다. 그를 뺀 성가대원들의 노랫소리는 이어지는 중이었다.

"……."

"일어나 봐. 뭐 해, 너?"

형은 병윤의 목덜미를 잡고 억지로 일으켰다. 그리고 병윤의 손에 들린 주사기를 가리켰다.

"뭐야? 너 이걸로 뭐하려고 그래?"

"……."

입이 떨어지지 않았다. 변명의 말도, 반항의 말도 할 수 없었다.

"이리 와 봐."

형은 주변을 살피더니 병윤의 팔을 잡고 억지로 끌고 가기 시작했다.

'어디 가는 거야?'

병윤이 온 마음을 다해 외쳤다. 그러나 밖으로까지 소리가 나오지 않았다.

병윤은 아이스박스만은 필사적으로 손에 쥐었다. 새

주사기를 넣고, 노란 액체가 채워진 주사기를 꺼냈다. 병윤의 시야에 형의 뒷목이 보였다. 그려왔던 것처럼 뒷목에 주사를 놓으면 된다. 간단한 일이었다.

그런데 손은 움직이지 않았다.

형이 쥔 팔이 아파왔다. 힘을 주며 버텨보아도, 형이 이끄는 대로 몸이 끌렸다. 가고 싶지 않았다. 어디로 데려가는지 몰랐지만 형이 원하는 대로 끌려가고 싶지 않았다.

"도와주세요! 형을 막아주세요."

드디어 입이 트였다. 간절함이 만들어준 용기였다.

마침 예배당에서 은정이 나오고 있었다.

"누나! 도와줘요."

은정은 병윤을 발견했는지 말을 걸었다.

"선배, 또 병윤이가 사고 쳤어요?"

저는 한 번도 사고를 친 적이 없어요, 대답은 다시 속으로 삭혀 들어갔다. 은정은 도움을 주지 않을 것이다. 병윤이 시야를 돌렸다. 길에 모르는 아줌마가 보였다.

"도와주세요!"

"무슨 일이니?"

아줌마는 병학을 쳐다보며 물었다.

"권사님, 제 동생이에요."

"도와주세요! 제발 형을 막아주세요."

아줌마는 병윤의 얼굴을 힐끔 쳐다보았다. 그러더니 기대와는 다른 대답을 했다.

"어쩜, 형제가 똑같이 생겼네."

권사님이라 불리는 아줌마가 웃었다. 그녀는 상황을 심각하게 생각하지 않는 듯했다.

차라리 모르는 사람들이었으면, 절박하게 외치는 병윤을 도와주었을 것이다. 그런데 교회라서, 형을 잘 안다고 생각하는 교회라서 아무도 병윤의 편이 되어주지 않았다.

"제발……."

병윤의 심호흡이 가빠져갔다.

그렇게 끌려간 곳은 낮은 언덕 위에 세워진 컨테이너 건물이었다. 문 앞에 청년부라는 팻말이 붙어 있었다. 건물 안은 장판이 깔린 작은 방이었는데, 청년부가 휴식을 하는 공간으로 보였다.

형은 어두운 컨테이너의 불을 켰다. 그러고는 병윤을 방 안으로 밀어넣었다.

"너 여기 왜 왔어? 주사기로 뭐 하는 거야?"

형이 잔소리를 하기 시작했다.

하지만 병윤의 귀에는 들리지 않았다. 오로지 형의 뒷목만을 떠올렸다. 지금이 마지막 기회로 느껴졌다. 아무도 없을 때, 뒷목에 한 방만 성공한다면 더 이상의 공포는 없다. 병윤은 목소리를 쥐어짜서 작게나마 한마디를 말하는 데 성공했다.

"너무 어두워."

병윤은 문 옆에 스위치를 가리켰다. 형이 불을 켜기 위해 등을 돌린다면 그때가 기회였다. 주사를 놓을 수 있는 유일한 기회였다.

"뭐?"

"불을 하나만 더 켜줘."

병윤의 목소리가 떨렸다. 제발 뒤를 돌아줘, 병윤은 세상을 향해 간절하게 기도했다.

"알겠어."

그리고 아직 세상은 병윤을 버리지 않았다. 형이 불을 켜기 위해 뒤를 돌아 뒷목을 드러낸 것이다. 형에게 도달하기까지는 단 세 발자국이었다. 세 발자국을 걸어가서 그의 정맥에 정확히 주삿바늘을 꽂으면 되었다. 손에 들고 있는 주사만 꽂으면 되었다.

형한테 처음 맞았던 순간이 생각났다. 엄마가 반찬 가게에서 돌아오지 않던 날이었다. 그날도 어두운 방 안에 형과 단둘이 있었다. 그때 병윤은 고작 여덟 살이었다. 아직 동화책을 읽는 조그마한 아이였을 뿐이다. 그런데 열일곱 살이던 형이 갑자기 돌변했다. 형의 키는 병윤의 두 배를 넘었다. 지금으로 보자면 마치 2미터도 넘는 거대한 괴물이 다가오는 느낌이었다.

형은 정색한 얼굴로 주변을 탐색하더니 물건을 하나 집어 들었다. 첫 무기는 나무 십자가 장식이었다. 좌우에 두 개의 못이 박혀 있는 것이었다.

그날 병윤은 동화책에서 본 괴물을 떠올렸다. 코주부에 검은 이빨을 드러내며 웃는 괴물이었다. 그는 손이 없어서 팔을 좌우로 열심히 흔들었는데, 주체를 못 하고 휘두르는 것만으로도 사람들이 튕겨 나갔다. 퀭한 눈에 살짝 웃는 입꼬리가 그의 잔혹함을 강조했다.

특히나 어린 병윤이 무서웠던 것은 괴물이 발가벗은 사람과 동일한 모습이었기 때문이었다. 차라리 괴물에게 뿔이나 촉수가 있었더라면 환상 속의 존재라고 넘겼을 것이다. 책 속의 괴물은 사람과 너무도 똑같았다. 인간을 언제라도 잡아먹을 인간, 눈앞에 있는 형의 모습이었다.

형에게 처음 맞았던 날, 병윤은 죽음이 무엇인지를 알게 되었다. 삶을 알기도 전이었다. 그때부터 병윤은 형이 정색하는 얼굴만 보아도 죽음의 공포에 시달렸다. 형의 정색은 주기적으로 계속되었고, 공포는 시간이 지나도 사라질 생각을 하지 않았다.

그리고 공포가 스물여섯이 된 병윤에게 찾아왔다.

형의 뒷목이 눈앞에 있었다. 하지만 병윤은 주사를 꽂을 수 없었다. 아이처럼 울음이 나왔다. 오랜 시간 축적된 공포를 차마 이겨낼 수가 없었다.

"왜 대답이 없어? 뭐 하는 거냐고 물었잖아?"

형은 이제 윽박을 지르는 단계로 넘어갔다.

병윤은 더 이상 주사에 관심을 둘 수 없었다. 온 마음을 다해 세상을 향해 간절히 빌었다.

‘신이 있다면 제발 구해주세요. 모든 고통과 죽음의 공포로부터 저를 구원해주세요.’

형이 그에게 다가왔다. 그리고 손에 든 주사기를 빼앗았다.

병윤은 직감했다. 오늘의 무기는 그 주사기라는 것을 말이다. 뺏긴 것은 어쩔 수 없었지만 더한 사태는 막아야만 했다. 병윤은 필사적으로 아이스박스 안에 들어 있는 것들을 전부 창밖으로 던졌다. 또 다른 주사기가 형의 손에 들어가지 않기만을 바라면서, 떨리는 심장을 부여잡고 마지막 힘을 다했다.

그 모습을 발견한 형은 병윤의 얼굴을 손으로 후려쳤다. 작은 몸이 날아갔다. 그 순간 죽을지도 모른다는 생각이 들었다. 형의 오른손에 들고 있는 주사기 때문인지, 아니면 밀폐된 방 때문인지 알지 못했다. 확실한 것은 형을 막을 수 없다는 것이었다.

‘결국 죽는구나.’

병윤은 더 이상의 기억을 간직하고 싶지 않았다. 이 순간 형과 함께 숨을 쉬는 것이 너무나도 끔찍했다. 모든 것을 잊고 싶었다. 모든 공포에서 벗어나고 싶었다.

모든 삶을 체념했을 때 컨테이너의 문이 열렸다. 괴팍하게 생긴 남자 한 명이 안으로 밀고 들어와, 형을 바로 제압해 바닥으로 눕혔다.

“강력반 형사 이학준입니다. 괜찮으십니까?”

학준은 형의 손에 수갑을 채웠다.

"……."

병윤은 대답하지 않았다. 대답을 할 이유가 더 이상
남아 있지 않았다.

결국은 공포에 잠식되었다. 앞으로도 그럴 것이었다.
이미 생겨버린 상처는 완벽하게 아물 수 없다. 병윤에게 남
은 것은 두려움이라는 상처와 평생 싸워야 한다는 사실뿐
이었다.

"괜찮으십니까? 일단 경찰서로 같이 갑시다."

학준이 부르는 소리가 들렸다. 하지만 병윤은 그냥 눈
을 감아버렸다. 차라리 이대로 삶이 끝나기를 바랐다.

병윤이 취조실에 갇힌 지도 2시간이 지났다. 무엇 때문에 좁은 방에 혼자 있어야 하는지 이유를 알지 못했다.

멍하니 취조실의 벽지를 바라보았다. 다양한 크기의 네모가 칸칸이 채워져 있었다. 쳐다보니 테트리스 게임을 하는 기분이 들었다. 기다란 네모를 머릿속에서 돌려보았다. 정사각형 옆에다가 붙였다. 번쩍이며 벽지 한 줄이 사라졌다.

취조실에는 복도 쪽으로 난 불투명 창문도 있었다. 창문에 사람들의 머리가 뿌옇게 지나다녔다. 병윤은 누군가 지나갈 때마다 창문을 보고 숫자를 셌다. 같은 사람인지는 모르겠지만 벌써 아홉 명이나 취조실 앞을 지나갔다.

기약이 없는 기다림이 계속되었다. 언제까지 기다려야 하는지, 무엇을 기다리는지도 몰랐다.

오로지 병윤이 알고 있는 것은 아반떼에 실려 경찰서에 도착했다는 사실뿐이었다.

"괜찮아요? 응급실에 먼저 가는 게 낫겠어요?"

괴팍한 형사는 병윤을 흔들며 끊임없이 질문했다.

그 덕분에 현실에서 도망치고 싶어도 자꾸만 현실을 마주해야 했다. 정신이 하늘로 날아가다가도, 형사의 외침에 다시 지상으로 회귀했다.

"저는 괜찮습니다."

병윤은 방 안에 누워 겨우 대답을 했다.

"같이 경찰서에 갈 수 있어요?"

"……."

"경찰서에 가요. 증언을 들어야겠어요."

그렇게 학준에 손에 이끌려 아반떼에 올라탔다.

아반떼는 익숙했다. 종종 빌라 앞을 지키고 있던 형사의 차와 같은 기종이었다. 또한 최기정의 저택 앞을 지키던 차량과도 똑같았다.

그러고 보니 형사의 얼굴이 낯이 익었다. 그가 최기정을 따라다니던 형사라는 것이 기억났다. 그래서 병윤을 취조실에 가두어놓은 것일까? 어쩌면 주사기라는 증거를 발견했을 수 있다. 잘못하면 살인이 걸릴 수도 있겠다는 생각이 들었다.

그렇지만 어쩐 일인지 마음은 평온해졌다. 차라리 잡히는 게 나을 수도 있겠다는 생각까지 들었다. 교도소에는 최소한 폭행을 감시하는 교도관이라도 있으니 말이다. 병윤은 그렇게 반쯤 체념을 하며 시간을 보냈다.

한참을 기다리고 있으니 학준이 종이컵을 두 개 들고 취조실로 들어왔다. 그는 병윤의 맞은편이 아닌, 90도로 놓인 의자에 굳이 자리를 잡았다. 그리고 병윤에게 따뜻한 녹차를 내밀었다.

"몇 가지를 물을게요."

학준은 파일을 혼자만 보이게 펴고 다짜고짜 질문을 시작했다.

"네, 그러세요."

형사를 보고도 마음이 차분했다. 조금 전 형과 있을 때 진이 빠져서 그런가, 어느 때보다도 지금 심정이 침착했다. 병윤은 녹차를 입으로 불어 식혔다.

"아이스박스 가지고 있었죠? 그 안에는 뭐가 들어 있었나요?"

꽤나 의외의 질문이었다. 주사기에 대해 묻지 않은 것을 보면, 아직 증거를 찾지 못한 것일까.

병윤은 컨테이너 박스 안의 상황이 정확히 기억나지 않았다. 형 손에 들려 있던 주사기가 굴러 떨어져, 어디로 갔는지 보지 못했다.

"……."

"아이스박스 안에 뭐가 있었죠?"

"아무것도 없었어요."

병윤은 거짓말을 했다.

"그러면 아이스박스를 왜 가지고 다니죠?"

"그냥 필요할까 봐요."

학준은 더 묻고 싶은 눈치였다. 그렇지만 주사기에 대한 것은 언급하지 않았다.

"그럼 말이죠……." 뜸을 들이던 학준이 다음 질문을 던졌다. "형을 죽이려고 했어요?"

"네."

이 질문만은 거짓말을 하고 싶지 않았다. 병윤이 고민 없이 대답했다.

"왜? 형이 때려서?"

"네."

"그러면 경찰에 신고를 해야지!"

학준이 책상을 내리쳤다.

"……."

신고를 안 해본 것이 아니다. 언제나 엄마가 무마를 시켰을 뿐이었다. 보호자가 가해자인 경우에는 경찰이 할 수 있는 일이 없었다.

하지만 병윤은 굳이 학준에게 항의를 하지 않았다. 괴팍한 형사에게 설명을 해도 소용이 없을 거라는 예감이 들었다.

"내가 목격했어요. 컨테이너 안에서 때리는 걸 봤어. 형을 처벌하길 원해요?"

"네."

아주 어린 시절부터 원하고 있었다. 형이 감옥에 들어가는 모습을 수도 없이 꿈꿨다.

"확실히 처벌해줄게요. 걱정하지 말고, 형을 죽인다는 쓸데없는 생각 말아, 알았어?

학준은 흥분했는지 침을 튀겼다.

"……."

병윤이 별다른 대답이 없자 형사가 질문을 계속 이어나갔다.

"네가 최기정이를 죽였니?"

형사는 결국 이걸 물어보고 싶어서 병윤을 몇 시간씩이나 앉혀놓은 것이다. 병윤이 피해자가 아니라 살해 용의자로 생각했기 때문이었다.

"아니요."

병윤은 진심으로 대답했다.

"여기서 거짓말하면 안 돼, 우리가 네가 최기정과 연관이 있다는 CCTV를 확보했어."

"정말로 아니에요."

병윤은 당당하게 사실을 고백할 수 있었다.

그는 최기정을 죽이지 않았다. 단지 세포를 선물한 것일 뿐이었다. 심지어 최기정은 암도 아닌 뇌출혈로 사망했다. 화를 참지 못하고 스스로 혈관을 터트렸다는 뜻이다. 병윤이 터지는 걸 조금은 도왔을 수도 있다. 그렇지만 근본적으로 최기정이 죽은 이유는 본인의 폭력성 때문이었다.

"확실해?"

"네. 그는 자기 화에 죽은 거죠."

병윤은 아무런 표정의 변화가 없었다. 당연한 말을 당연하게 내뱉었기 때문이었다.

학준이 몇 가지 사실을 더 물어보았지만, 전부 중심을 겉도는 질문뿐이었다. 진짜로 아무런 증거를 얻지 못한 듯했다.

결국 취조는 학준의 설교로 변조되었다. 왜 형을 죽이면 안 되는지, 왜 사법기관을 믿어야 하는지 등에 대한 잔소리를 늘어놓았다.

"내가 확실하게 처벌해줄 테니까 마음 놓고, 지금도 형 구치소에 넣어놨으니까 걱정 말고 집에 가."

그의 당부를 끝으로 병윤은 혼자 경찰서를 걸어 나왔다. 믿기지 않는 일이었다. 형은 아직 구치소에 있다.

병윤이 얼떨떨한 기분으로 집으로 돌아왔다.

집에는 엄마가 깁스를 한 채 소파에 앉아 있었다. 엄마는 발목을 짚으며 현관까지 마중 나왔다.

"엄마, 다리는 괜찮아요?"

"어떻게 된 거야? 너네 형은?"

엄마는 과도한 걱정을 하고 있었는지 얼굴에 시름이 가득했다.

"형이 잡혔어요."

그 이상 설명을 하기엔 너무나도 피곤했다. 병윤이 방 침대 위에 드러누웠다. 아주 오랜 시간 잠을 잘 수 있을 것 같았다. 어쨌거나 형이 잡혔다. 집이 안전하다는 사실만으로도 안도감이 몰려왔다.

"말을 해봐."

엄마는 입을 다문 아들이 답답한지 가슴을 쳤다.

"내일 이야기할게요."

"형이 잡혔다니 도대체 무슨 상황이야?"

그런데 엄마의 말이 끝나자마자 현관문이 열리는 소리가 들려왔다. 엄마가 소리를 따라 작은방을 나갔다.

"너 잡혔다며?"

엄마는 누군가에게 질문을 했다.

"네, 불구속 수사를 받게 됐어요."

너무나도 익숙한 그 목소리는 바로 형이었다.

언젠가 재회를 할 줄 상상은 했지만 이렇게 빠를 줄은 예상하지 못했다. 병윤은 허망하여 기운이 전부 빠진 채로 침대에 누워 있었다.

밖에서 방으로 다가오는 발소리가 들렸다. 형이 작은 방으로 오는 것일까? 아니면 건너편 형의 방으로 들어갈 수도 있다. 형 얼굴을 보고 싶지 않았다. 제발 작은방으로 들어오지 않기를 바랐다.

"병윤아."

병윤의 소원은 한 번도 이뤄진 적이 없다. 형은 뻔뻔한 얼굴로 작은방에 성큼성큼 걸어 들어왔다. 그러고는 경찰서에서 받아온 아이스박스를 내밀었다.

"미안하다. 내가 그랬다며."

"……."

"뭘 그랬는데?"

엄마가 궁금증을 참지 못하고 물었다.

"형사가 하는 말로는 제가 난리를 치고 있었대요."

"난리라니?"

"제가 병윤이를 때리고 있었다고요." 병학은 엄마의 반응을 확인하더니 덧붙였다. "저도 안 믿겨서 교회에 가서 확인을 해봤어요. 그런데 진짜 청년부 방 벽지가 뜯어져 있더라고요. 창문도 조금 깨졌고요."

"……."

"병윤아, 정말 미안하다. 교회가 난장판이더라고. 거기서 네 물건도 챙겨왔어."

형은 아이스박스를 열었다. 안에 팩으로 밀봉된 봉지가 있었다. 병윤이 여분으로 챙겨 담은 노란 액체였다. 봉지에 흙이 묻은 걸 보니 땅바닥에서 주워온 듯 보였다.

"내가 오해를 하고 있었나 봐." 병학은 동생 앞에서 무릎을 꿇었다. "주사기를 보고 뭔가 오해를 한 것 같아. 순간적으로 화가 났을 수도 있고. 그래도 형사 덕분에 모든 오해가 풀렸어. 화내서 미안하다. 나도 교회에 가서 충격을 받았어. 아무것도 기억이 안 나는 거 있지?"

"정말 하나도 기억이 안 나니?"

엄마가 옆에서 재차 물었다.

"제가 때렸다는 게 전혀 기억이 안 나요. 엄마도 아시다시피 제가 누구를 때릴 사람이 아니잖아요. 저도 이야기를 듣고 충격을 받았다니까요."

"……."

병윤에 이어 엄마도 할 말을 잃었다.

"앞으로는 잘 해보자."

형이 병윤의 어깨를 두드렸다. 그래도 반응이 없자 형은 억지로 병윤의 몸을 일으켰다.

"응? 병윤아 앞으로는 잘 해보자."

형은 병윤을 껴안았다. 마치 위기를 함께 극복한 전우 같은 모습이었다.

그 모습이 가증스러워 병윤은 포옹을 피하려 했다. 하지만 강압적으로 꼭 끌어 안기고야 말았다. 형과 살이 맞닿는 순간, 조금이나마 남아 있던 삶의 의욕이 빨렸다.

"형제끼리 화해하니까 보기 좋네."

병윤의 마음을 모르는지, 알고도 모른 척하는 건지, 옆에서 엄마가 거들었다. 그녀는 둘째 아들의 손을 꼭 붙잡고 부탁하는 어조로 말을 이었다.

"내일 경찰서에 가서, 수사부터 취소하자. 살면서 그 정도 실수는 할 수 있는 거야. 가족이 안고 살아야지 어떡하니."

옆에서 형도 거들었다.

"그래, 나는 그런 일이 일어났는지도 몰랐어. 거기 여형사 말 들어보니까 합의만 하면 징역 살 일은 없을 거래. 한 번만 부탁해도 될까? 내가 앞으로는 더 잘할게."

역시 이번에도 처벌은 되지 않는다. 이번이 아니라 다음에도 마찬가지일 것이다. 형의 목소리를 이토록 빨리 마주했다는 사실에 병윤은 무력감마저 느꼈다.

병윤이 그대로 침대로 쓰러져버렸다.

그날 밤 새벽에 병윤은 잠결에 눈을 떴다. 밖에서 작은 소리가 들려왔다.

"병학아, 거길 왜 가?"

다가오는 발소리가 났다.

"병학아, 거길 왜 들어가?"

엄마가 말렸지만, 형은 아무런 대답이 없었다.

병윤은 소리가 안 나게 조심하며 잽싸게 방문부터 잠갔다. 두려웠다. 작게 들리는 소리는 괴물의 발소리였다.

밖에서 괴물이 문을 두드리기 시작했다. 병윤은 베개를 들어 필사적으로 귀를 막았다.

"병학아, 새벽인데 어서 자야지. 내일 학교도 가야 하잖아."

방문이 열리지 않자 괴물은 두드리는 것을 포기했다. 대신 목표를 바꿨다. 발소리가 어딘가를 향해 빠르게 뛰어가더니, 엄마의 비명 소리가 이어졌다.

차라리 지금이 악몽이었으면 꿈에서 깰 기회라도 있었을 텐데, 통탄스러웠다. 경찰에 신고해봤자 달라지는 건 없었다. 형을 죽일 용기도 남아 있지 않았다.

"병윤아! 나와서 도와줘. 제발 형 좀 말려봐."

악몽은 한쪽이 죽지 않은 이상 끝나지 않는다. 병윤에게 남은 선택지는 하나뿐이었다.

병윤은 아이스박스를 열었다. 감싼 봉지를 풀었다. 샘플 통에 들어 있는 노란 액체가 보였다. 해동한 지 시간이 꽤 지나 침전이 시작된 상태였다. 그렇지만 병윤은 망설임 없이 새 주사기에 액체를 장전했다.

오른손으로 주사기를 잡았다. 손을 쭉 뻗었다. 그리고 자신의 뒷목에 바늘을 찔렀다. 바늘이 파고드는 짧은 고통이 이어졌다. 엄지손가락으로 주사기의 밀대를 누를 때마다, 액체가 몸 안을 타고 들어오는 것이 느껴졌다. 모든 액체가 몸 안으로 들어가고 주사기를 뺐을 때, 비명 소리가 사라졌다.

악몽에서 깨어난 것처럼 마음속이 평온해졌다. 병윤을 괴롭히던 동화책 속의 괴물은 땅바닥으로 촛농처럼 녹아내렸다. 그는 흙 밑으로 깊숙이 스며들더니 거름이 되었다.

그가 녹은 장소에 푸른 잔디가 자라기 시작했다.

그것은 병윤이 그토록 바라왔던 구원이었다.

지옥 같던 악몽을 제 손으로 끊어내고 나서야, 병윤은 태어나 처음으로 단잠에 빠져들었다.

엄마는 베란다를 통해 작은방으로 넘어왔다. 병학을 피하기 위한 행동이었지만, 그보다 더 심각한 상황이 그녀를 기다리고 있었다. 창문을 통해 본 방 안에는, 그녀의 둘째 아들이 편안한 얼굴로 쓰러져 있던 것이다. 한 손에는 주사기를 든 모습이었다.

"왜 그랬어! 왜 그랬니, 병윤아 눈을 좀 떠봐."

그녀는 잠긴 창문을 열려고 시도했다. 베란다 구석에 놓인 작은 소화기로 창문을 내려쳤다.

"이러다 죽겠어, 왜 그랬어!"

아무리 내려쳐도 견고한 창문은 깨지지 않았다. 결국 그녀는 손을 놓고 마치 동물처럼 울음소리를 토해냈다.

그 후 엄마가 거실로 달려가 전화기를 들고 119에 신고를 했다. 옆을 보니 작은방 문을 두드리는 큰아들이 있었다. 그는 앞이 보이지 않는 괴물처럼 문 앞을 방황하는 중이었다.

다음 날 병원에서 엄마는 초조하게 의사의 소견을 기다리고 있었다. 나이가 지긋한 의사가 병실로 들어오더니, 보호자를 복도로 불렀다. 엄마는 불안한 마음을 감추지 못한 채 의사를 만나러 나갔다.

"넣은 게 정확히 뭐라고 하셨죠?"

"암세포라고 했어요."

어제 응급실에 도착해 병윤의 CT를 촬영했다. 당장은 문제가 없다는 이야기를 들었지만, 불안한 마음은 사라지지 않았다. 암이라는 것이 당장 증상이 나타나기보다 천천히 사람을 잠식하는 무서운 병이기 때문이었다.

"CT 결과를 확인해보았습니다." 의사는 최대한 단어

를 고르며 설명했다. "당장 암이나 용종이 생긴 부분은 없습니다. 하지만 암세포를 맞은 것은 저도 처음 보는 케이스기 때문에……, 2주마다 주기적으로 검사를 받으시는 것이 좋겠습니다."

"그러면 괜찮다는 말인가요?"

"일단 퇴원하셔도 좋습니다. 다만 괜찮을지는 장담할 수 없습니다. 2주 뒤에 다시 보죠."

"감사합니다. 선생님, 감사합니다."

엄마가 꾸벅 고개를 숙였다. 둘째 아들을 살릴 수 있다는 희망이 그녀의 고개를 수그리게 만들었다.

병실에는 병윤이 넋 놓은 사람처럼 누워 있었다. 정신을 놓았다기보다는 해탈을 한 듯 보였다. 엄마가 말을 걸어도, 사과를 해도, 별다른 대답 없이 평온한 표정으로 미소를 지어주었다.

"병윤아, 엄마가 미안해."

"이제 다 괜찮아요."

둘째 아들의 미소에 그녀는 결단을 내렸다.

엄마가 휴대폰을 열고 경찰서에 전화를 걸었다. 그러고는 살인 미수 사건이 일어났다고 신고를 했다. 수원경찰서의 이학준 형사가 와달라는 부탁도 빼놓지 않았다. 학준이 형제를 말려주었던 사람이었기에, 모든 것을 해결하기에 제일 적당한 사람이라고 판단했다.

전화를 전달받은 학준은 누구보다도 빨리 병원으로 달려왔다.

범인이 자수를 했다니 믿기지가 않았다. 역시 범죄를 저지르면 처벌을 받게 된다. 학준은 설레는 마음으로 권병윤의 병실을 찾았다. 그의 엄마가 자기 아들을 직접 신고한 것이 의아하기는 했다. 그렇지만 둘째보다 형을 더 사랑하는 사람이겠거니 생각했다.

학준이 병실에 도착해 들어가려는데, 병윤의 엄마로 보이는 사람이 그를 붙잡았다. 그녀는 계단에서 둘만의 면담을 요청했다.

"신고를 하신 분이죠?"

"맞습니다."

여성이 고개를 끄덕였다.

"정확히 어떤 신고입니까? 제가 살인 미수만 전해 들었습니다만…….'

"이제는 늦어버린 고해성사를 하려고 합니다."

여성은 계단 한복판에서 긴 이야기를 시작했다.

"말해보세요."

학준이 주의를 기울여 경청했다.

"제 큰아들은 병이 있습니다. 모두 제 탓이지요. 반찬 가게를 하면서 사내아이 두 명을 혼자 키우는 것이 쉽지가 않았어요. 아이들을 사랑했지만, 저를 희생해야 하는 날들에 지쳐갔습니다. 자식은 제 삶의 목적이었지만, 그만큼 아이들이 엇나가는 날에는 우울함을 버틸 수가 없었어요."

학준은 가만히 이야기를 들었다. 이 이야기가 사건과 무슨 관련이 있는 줄은 알지 못했다. 그렇지만 중요한 증언이라는 촉이 왔다.

"계속하세요."

여성은 눈물을 닦더니 말을 이었다.

"그 일은 가게 장사가 잘 안 되던 시절에 벌어졌습니다. 그때도 겨울이었어요. 집에 일찍 들어갔는데 중학생 아들이 유치원생인 동생 밥을 안 챙겨주었지 뭡니까? 그래서 회초리를 들었습니다. 울며불며 그만 때리라는 아이의 몸에 손을 댔어요. 그런데 실수로 나무 몽둥이가 큰아들의 머리를 쳤습니다."

여성은 아주 오래된 과거 이야기를 끄집어내고 있었다. 그때의 기억이 고통스러운지 중간중간 말을 멈추고 눈물을 흘렸다.

"이거 쓰시죠."

학준은 주머니에서 손수건을 꺼내 여성에게 건넸다. 그녀가 손수건에 코를 풀더니 말을 계속했다.

"그 이후로 큰아들은 종종 발작을 합니다. 여형사님이 오셨다면 상황을 잘 알 수 있을 테지만……."

"저도 그날 있었습니다. 권병학이 맨발로 자전거를 부수던 날 말씀이시죠?"

"네, 보셨다면 설명하기가 쉽겠군요. 병학이 머리를 맞았을 때부터 폭력적인 사람이 되었어요. 그렇게 말입니다. 그리고 모든 건 다 제 탓입니다.”

여성이 무너지며 바닥에 주저앉았다.

“그런데 지금 그 이야기를 꺼내시는 이유가 뭡니까?”

학준은 여성을 일으켰다.

“병학이 동생을 죽이려고 했어요.”

“네?”

“제 큰아들이 동생의 뒷목에 주사를 놓았습니다.”

엄마의 결단은 거짓을 고하는 것이었다. 거짓이지만 사실이기도 한 말을 고하는 것이었다. 힘들게 버텨준 둘째 아들을 위한 엄마의 마지막 배려였다.

“병윤이가 아니라요?”

“네. 분명 큰아들이 그랬습니다.”

“거짓말하지 마십시오. 다 알고 있습니다. 주사기는 병윤이가 쓰는 것입니다.”

“아니요. 제가 봤습니다. 제가 똑똑하게 목격했어요. 발작을 하던 병학의 눈이 뒤집히고, 괴물처럼 집을 돌아다니면서, 손에 닥치는 대로, 잡히는 대로, 결국 주사기까지 꽂았습니다.”

여성이 너무 울어서 대화가 불가능할 정도였다.

학준은 그녀의 등을 두드려주었다.

“우선 들어가서 진정을 하십시오. 저도 곧 병실로 가겠습니다.”

학준은 계단을 통해 옥상으로 올라갔다. 담배를 한 대 꺼내 폈다. 귀찮아서 슈퍼를 가지 못했더니 커피 맛 나는 담배뿐이었다. 학준은 구정물 맛이 나는 걸 참고 한 모금 깊이 빨았다. 폐에 공기를 다 담지 못할 정도로 깊숙하게 숨을 들이마셨다. 곧 입안이 쌉쌀해져 블랙커피를 한잔 마시고 싶었다.

고해성사를 들었기 때문인지, 몸 곳곳에 퍼진 니코틴 때문인지, 허무했다. 바닥으로 꺼질 것만 같은 기분이었다. 왜 갑자기 여성이 그런 거짓말을 하는지 생각이 복잡해졌다. 학준이 담배를 한 개비 더 꺼내 물었다.

잠시 후 학준은 병윤의 병실을 찾아 5층으로 내려왔다. 6인실 병실의 맨 끝에 병윤이 누워 있었다. 어느 때보다도 편안한 모습이었다.

"얼굴이 편해 보이네?"

학준이 병윤을 툭 건드렸다.

"처음으로 단잠을 잤거든요. 잠만 잘 자도 사람은 행복하네요."

병윤은 정말로 행복한 듯했다.

"네가 그런 걸 알아." 학준은 야속하다는 눈빛으로 쳐다보았다. "형이 처벌받을 때까지만 기다리지 왜 그랬어."

"그런 건 평생 불가능해요."

병윤은 족자에 새겨진 부처와도 같은 모습이었다.

"곧 처벌이 내려질 텐데, 왜! 내가 맡아서 해준다고 했
잖아."

"제가 말이에요. 살려달라고 경찰서에 찾아간 적이 있
거든요. 그때 경찰이 뭐라고 한 줄 아세요?"

"……."

"죽지 않는 이상 처벌이 안 된대요. 일이 터져야 수사
가 가능하대요. 결국 내가 죽는 수밖에 없다는 거죠."

"말도 안 되는 소리야."

"형사님도 그랬잖아요."

학준은 무슨 소리인지 몰라 인상을 썼다.

"제 장인어른이 될 뻔한 사람을 따라다녔죠? 최기정
말이에요. 수원에서 몇 번 봤어요."

"그래."

"그때 조폭을 쫓았지만 결국 못 잡으셨잖아요. 피해자
들이 보복이 두려워 처벌을 적극적으로 원하지 않았기 때
문이죠. 증언도 못 했고요. 이것도 똑같은 거예요."

"이건 달라. 너네 형이 때리는 걸 내가 목격했잖아."

"아니요. 처벌을 해봤자 다시 한집에 와서 살아야 하
는데, 평생 멀어지는 건 불가능해요. 폭력은 한쪽이 죽지
않으면 끝나지 않아요."

"절대 아니야. 잘못된 생각이야."

"형사님도 처벌을 해준다던 날에 곧바로 형을 집으로
보냈잖아요. 저는 형에게 억지로 끌어안겨서 잠들어야만

했어요."

"그건 법이 뭐 같아서 나도 어쩔 수 없었어. 하지만 네가 살아만 있으면 꼭 처벌을 해줄게. 걱정 없이 살게 해줄게. 내가 장담할 수 있어."

그때 병실 안으로 수사 반장이 달려왔다.

"무슨 일이야?"

병윤은 학준을 향해 마지막 말을 남기며 대화를 끝마쳤다.

"뭐가 됐든지 가해자를 평생 잡아놓는 방법은 없어요. 저는 평생 걱정을 하며 살아야 해요. 제가 살아 있다면요."

"무슨 일이냐니까?"

반장은 학준을 다그쳤다.

"밖으로 나가서 이야기하시죠."

반장에게 어떤 말을 해야 하나 고민이 됐다. 부서져가는 병윤을 위해 약속을 지키고 싶었다. 하지만 병윤의 주장을 부인할 수 없었다. 가정 폭력으로 가해자를 평생 잡아두는 것은 불가능하다. 언젠가는 집으로 돌아가 피해자와 함께 살게 될 것이다.

"주사로 살인 미수를 했다며, 최기정이랑 관련이 있는 거야?"

반장이 복도에서 물었다.

"네."

학준은 고개를 끄덕였다.

"범인이 누구야? 잡았어?"

"범인은……." 고민을 하던 학준이 결단을 내렸다. "권병학이에요. 주사기로 자기 동생의 뒷목을 찔렀어요. 목격자도 있고요."

병실 안에서 엄마가 불안하게 쳐다봤다.

"걔가 최기정한테도 그랬다고?"

"네. 암세포를 써서 부검에도 안 나왔어요."

"확실한 거야?"

"검찰에 송치하려면 최기정 건은 증거를 더 찾아야 해요. 그래도 살인 미수는 확실하니까요. 체포부터 하는 게 좋겠어요."

반장이 안주머니에서 수갑을 꺼냈다.

"가자."

그 시각 권병학은 병원 화장실에서 손을 씻고 있었다. 정수기에 들러 물병에 물을 채웠다. 동생을 간병하기 위해 또 무엇이 필요한지 생각해보았다. 안내 데스크에서 담요를 빌려주는지 물어봐야겠다고 결정했다.

병학이 물병을 들고 복도를 걸어가는데, 저 멀리서 남자 두 명이 뛰어왔다. 그들은 한 치의 망설임도 없이 병학의 팔을 꺾고 수갑을 채웠다.

"권병학 씨, 귀하를 살인 미수 혐의로 체포합니다."

"살인 미수라고요? 제가요?"

"예, 당신은 변호인을 선임할 권리가 있으며, 변명의 기회가 있고, 체포구속적부심을 법원에 청구할 권리가 있습니다."

"뭔가 오해가 있으신 것 같은데요."

"예. 억울하신 부분은 경찰서 가서 얘기하시죠."

"잠시만요. 저는 다른 사람한테 손을 대본 적도 없는 사람입니다. 살인 미수라니요."

"경찰서 가서 이야기합시다."

취조실에서도 병학은 한결같이 결백을 주장했다. 병학은 특히나 집에 설치된 CCTV를 증거로 제시했다.

"사실은 동생이 저를 죽이려고 해서 제 방에 카메라를 설치했습니다."

학준은 필사적인 그의 모습이 유감스러울 정도였다.

"예."

"CCTV를 확인하시면 모든 오해가 풀리실 겁니다."

"안 그래도 이미 수거해서 확인했습니다."

"그러면 이제 그만 풀어주십시오. 보시면 아시지 않습니까?"

학준은 병학의 뻔뻔함에 혀를 내둘렀다. 연기인지 아니면 정말 기억을 잃어버린 건지 어느 쪽이든 염치가 없긴 마찬가지였다. 학준이 노트북을 가져와서 병학에게 진실을 보여주었다.

영상 속에는 엄마를 무자비하게 때리는 병학의 모습만이 가득했다.

"……."

병학은 충격에 더 이상의 말을 잃었다.

한편 병윤은 퇴원 준비를 하는 중이었다. 의사가 병실에 와서 병윤을 향해 마지막 당부의 말을 전했다.

"아까도 말했지만 별문제는 없어요. 그래도 주기적으로 와서 꼭 검사받아야 해요."

병윤이 끄덕였다.

"감사합니다."

엄마는 의사의 손을 덥석 붙잡았다.

병윤이 짐을 들고 나가려는데, 병실 문 앞에 익숙한 얼굴이 보였다. 그곳에 가영이 서 있었다. 그녀는 병윤을 보며 차마 병실 안으로 들어오지 못하고 울음을 삼키고 있었다.

"오랜만이야."

병윤이 손을 흔들었다. 그러자 가영이 다가와 그의 품에 안겼다.

"성공한 거지?"

가영은 귓속말을 했다.

"응. 전부 끝났어."

괴물이 죽었다. 괴물은 녹아내려 병윤의 마음속에 푸르른 잔디밭을 만들었다.

가영에게는 오늘도 녹차 아이스크림의 향이 났다. 넓게 펼쳐진 초록빛의 녹차 밭과 높은 하늘이 떠올랐다. 마치 한 폭의 그림 같았다. 그것은 병윤에게 남은 미래였다. 병윤은 가영의 손을 잡고 병원을 걸어 나왔다.

동생의 비밀

1판 1쇄 인쇄 2018년 6월 15일
1판 1쇄 발행 2018년 6월 22일

지은이 신혜선
펴낸이 김영곤
펴낸곳 ㈜북이십일 아르테팝
미디어사업본부이사 신우섭
편집 윤기홍, 김미래
교정교열 눈씨 **디자인** 섬세한 곰
미디어마케팅팀 정지은 정지연 **문학영업팀** 권장규 오서영
제휴팀 류승은 **제작팀** 이영민

출판등록 2000년 5월 6일 제406-2003-061호
주소 (우10881) 경기도 파주시 회동길 201(문발동)
대표전화 031-955-2100 **팩스** 031-955-2151 **이메일** book21@book21.co.kr

㈜북이십일 경계를 허무는 콘텐츠 리더

아르테팝 채널에서 도서 정보와 다양한 영상 자료, 이벤트를 만나세요!
장강명, 요조가 진행하는 팟캐스트 말랑한 책 수다 〈책, 이게 뭐라고〉
페이스북 facebook.com/21artepop 포스트 post.naver.com/artepop
인스타그램 instagram.com/21artepop 홈페이지 arte.book21.com

ISBN 978-89-509-7543-2 03810
책값은 뒤표지에 있습니다.